KB101990

박선우 新무협 판타지 소설

풍운사일

FANTASTIC ORIENTAL HEROES

풍운사일 2

박선우 新무협 판타지 소설

초판 1쇄 찍은 날 § 2014년 7월 28일
초판 1쇄 펴낸 날 § 2014년 8월 4일

지은이 § 박선우
펴낸이 § 서경석

편집부장 § 권태완
편집책임 § 정수경

펴낸곳 § 도서출판 청어람
등록번호 § 제387-1999-000006호
등록일자 § 1999. 5. 31
어람번호 § 제2-2523호

주소 § 경기도 부천시 원미구 부일로 483번길 40 서경B/D 3F (우) 420-822
전화 § 032-656-4452 팩스 § 032-656-4453
http://www.chungeoram.com
E-mail § chungeorambook@daum.net

ISBN 978-89-251-9139-7 04810
ISBN 978-89-251-9137-3 (세트)

풍운사일

박선우 新무협 판타지 소설

FANTASTIC ORIENTAL HEROES

2

풍운사일

CONTENTS

제 1 장 출전 |**007**

제 2 장 도절, 상후 |**047**

제 3 장 진격, 풍운대 |**087**

제 4 장 유성호접 |**127**

제 5 장 고군분투 |**165**

제 6 장 용화의 피바람 |**203**

제 7 장 사천 횡단의 시작 |**243**

제 8 장 조우, 구룡단 |**283**

1장

출전

깊고 깊은 눈.

예전에도 청문자의 눈을 볼 때면 깊은 수렁에 빠진 것처럼 눈을 돌릴 수 없었는데, 지금 풍운대를 바라보는 그의 눈은 너무나 깊고 진해 호흡마저 멈추도록 만들 정도였다.

그의 이야기는 그런 눈으로 시작되었다.

"점창은 이맘때면 언제나 홍단이 핀다. 홍단이 활짝 필 때면 온 산이 불타오르는 것처럼 붉게 변하지. 보아라, 운곡. 그렇지 않느냐?"

"그렇습니다."

청문자가 붉게 변해 버린 산을 바라본 채 묻자 운곡이 감정을 억누르며 대답했다.

청문자가 바라보는 적화봉은 말 그대로 온 산을 불태우는 단풍으로 가득 차 있어 장관을 연출하고 있었다. 언뜻 석양처럼 보일 지경이다.

천천히 몸을 돌린 청문자의 눈은 어느새 고요함에서 강렬함으로 변해 있었다. 지금껏 한 번도 보여주지 않던 시선이고, 그 시선은 지금 온 산을 불태우고 있는 홍단과 비슷했다.

"점창의 유구한 역사 속에서 나는 선조들이 쌓아올린 명예를 시궁창에 처박은 죄인 중의 죄인이다. 목숨이 아까워 검을 빼 들지 못했고, 무력이 부족해 분노를 목구멍 속으로 삼킨 채 눈물만 흘렸지. 그 세월이 무려 오십 년이 넘었으니 참으로 길고 긴 시간 동안 나는 무인으로서의 명예를 더럽히며 이곳 점창산에서 배고픈 토끼처럼 코를 박고 살아왔다."

그의 목소리가 떨려 나왔다.

감정의 잔상.

가슴속에 품어온 한이 소리가 되어 흘러나오니 그 소리가 온전할까.

그렇게 청문자는 격정적인 음성으로 풍운대를 향해 마음속의 이야기를 계속했다.

"그동안 살아오면서 무인으로서의 명예는 아무것도 아니었다. 나에게는 오직 힘을 잃고 쓰러져 가는 점창을 되살리는 것만이 유일한 신념이었으니, 나 하나의 명예는 어떻게 되든 상관하지 않았다. 무림의 법은 오직 하나, 무력에서 나오는 것. 오랜 시간 동안 우리 점창이 천대와 멸시 속에서 살아온 이유는 오직 하나, 힘이 없었기 때문이다. 칠절문이 무정현에 들어와 점창을 세상의 조롱거리로 만든 것도, 그것을 빌미로 형제라고 떠벌리던 명문 정파들이 오 년 전 우리를 십대문파의 지위에서 밀어낸 것도 마찬가지 이유였다. 하지만 그들을 원망하지는 않는다. 왜냐하면 이제부터 우리는 우리가 잃어버린 것들을 하나씩 되찾을 것이기 때문이다. 그 선두에 너희가 선다. 강호에 점창이 건재하다는 것을, 점창의 도인들은 받은 만큼 반드시 돌려주는 독종임을 천하에 알려라. 청운자께서 죽음으로 세상에 알린 점창의 힘이 결코 거짓이 아니었음을 세상에 각인시킨다. 알겠느냐?"

"예, 사숙!!"

"출발은 칠 일 후다. 그때까지 마지막 수련에 매진하라."

청문자의 방문을 끝으로 사형제는 모두 모습을 감추어 버렸다.

칠 일 후의 출전.

세상에 처음으로 모습을 드러내는 풍운대.

격동의 회오리가 몰아치는 강호로의 출전은 사형제의 마음을 급하게 만들었음이 분명했다.

그날 이후로 그들은 숙소에 돌아오지 않았고, 황계의 곳곳에서는 밤이 늦도록 돌풍이 몰아치는 기현상이 수시로 발생했다.

그러나 운호만은 숙소를 지키며 시간이 지나가기를 조용히 기다렸다.

출전을 알리면서 청문자는 운호의 눈을 한 번도 쳐다보지 않았다.

타는 듯한 시선이 풍운대원들을 하나씩 쏘아보며 그가 지닌 가슴속의 전의를 전달했지만 오직 운호에게만은 그 시선을 나눠주지 않았다.

무슨 뜻인지 너무나 잘 알 수 있는 행동이었다.

그동안은 사숙의 배려와 사형제들의 정 때문에 같이 생활할 수 있었으나 강호로의 출정이 결정된 이상 운호는 풍운대를 떠나야만 했다.

무력이 현저하게 떨어지는 그가 함께한다는 것은 풍운대에 치명적인 약점을 만드는 것과 다름없는 일이다.

그랬기에 운호는 사형제들이 돌아오지 않는 빈집을 지키며 이별을 준비하고 있었다.

이제 청문자가 말한 출전일은 내일.

내일이 되면 운호는 사랑하는 사형제를 떠나 점창의 일반 문도가 되어 천존의 품에서 살아가야 할 것이다.

밖에서 달그락거리는 소리가 들리기 시작한 것은 마음을 가다듬기 위해 눈을 감은 채 도덕경을 암송하고 있을 때였다.

안 들리던 소리가 들려올 때는 분명 이유가 있는 법.

바람 때문이라면 눈을 뜨지 않았을 것이지만 지금은 바람한 점 없이 고요한 저녁이다.

더군다나 밖에서 들려오는 소리는 그에게 빨리 나오라고 독촉하는 것처럼 급했다. 운호는 좌정을 풀고 일어날 수밖에 없었다.

문고리를 열고 나서자 희뿌연 신형이 지팡이를 두드려 소음을 만들어내고 있었다.

운호를 밖으로 나오게 만든 그 소음이다.

"사숙께서 어쩐 일로……."

상대를 확인한 운호가 급히 허리를 숙여 예를 표하자 지팡이를 거두며 청문자가 입을 열었다.

"검을 들라."

사숙의 명에 어쩔 수 없이 검을 든 운호는 청문자가 자신의 애검을 풀어 손에 든 채 다가오자 입을 떠억 벌렸다.

청문자의 몸에서 풍겨 나오는 압박감이 전신을 옭아매는 듯 다가왔기 때문에 운호는 자신도 모르게 검을 앞으로 내밀었다.

그러자 청문자의 검이 우에서 좌로 툭 내려오며 운호의 검을 때렸다.

그때부터 청문자와 운호의 진검 대련이 시작되었다.

진검 대련은 강호상에서도 극히 꺼리는 행위다. 특히 동문

간은 철저하게 금지하는 일이었으나, 청문자는 일언반구 없이 운호를 압박해 들어왔다.

처음에는 유운검으로 시작해 어느새 사일검으로 넘어와 전삼식인 섬전(閃電), 풍영(風影), 월파(月破)가 번개처럼 펼쳐졌고, 중삼식인 낙영(落英), 비화(飛花), 무영(無影)이 현란한 변화 속에서 운호의 몸으로 퍼부어졌다.

하나 운호는 청문자의 강력함과 신묘함이 깃든 사일검을 하나씩 막아내며 무념무상 속에서 마치 춤추듯 황계 곳곳을 너울거렸다.

완벽함이란 이런 것이라고 보여주듯 운호의 검식은 강유를 번갈아 휘돌며 청문자의 공격을 무산시키고 있었다.

청문자의 검이 변한 것은 그가 펼친 분광과 회풍마저 파쇄하며 운호가 반격했을 때였다.

번쩍!

오직 한 수.

내력이 담긴 섬전이 운호의 검을 때리며 지나갔다.

그 결과는 지금까지와는 판이하게 나타났는데, 운호는 그 일수로 볼썽사납게 바닥을 뒹굴어야 했다.

청문자는 바닥에 누워 일어나지 못하는 운호를 지켜보며 천천히 검을 회수했다.

그의 눈은 대련을 할 때와 천양지차로 변해 있었는데 아쉬움과 분노, 그리고 연민이 교차하고 있었다.

"곧게 자랐으나 연약한 대죽과 같고, 아름다우나 향기가 없는 꽃이로다. 연약하고 향기가 없다면 그 푸르름과 아름다움은 없느니만 못하게 된다. 차라리 곧지 않고 아름답지 않다면 사람들의 손이라도 타지 않을 터. 하물며 내력이 없는 검이 오죽하겠느냐. 보아라. 너의 검은 세상에 나가는 순간 무인들의 노리개로 전락할 뿐이다."

"송구하옵니다."

"오늘 내가 온 이유를 아느냐?"

"어느 정도 짐작하고 있었습니다."

"……."

청문자는 한동안 말을 잇지 못하고 운호를 바라보기만 했다.

그대로 있으면 눈물이 새어 나올 것만 같은 시선이다.

"그렇지 않아도 사숙을 기다리고 있었습니다. 저는 풍운대의 짐이 되기를 원하지 않습니다. 하실 말씀은 미리 짐작하고 있으니 걱정하지 않으셔도 됩니다."

"너의 유운과 사일은 점창의 그 누구보다 뛰어나다. 하나 진정한 유운과 사일의 모습은 내공이 발현되었을 때 나타나니 네가 펼친 유운과 사일은 껍데기나 다름없는 것이다."

"알고 있사옵니다."

"나는 네 사부가 원망스럽다. 어찌하여 천룡무상심법을 너에게 가르쳐 이런 사단을 만들었단 말이냐. 현천기공을 익혔다면 풍운대의 그 누구도 너의 적수가 되지 못했을 것인데 진정으로 아쉽고 아쉽다."

"저는 사부님을 원망하지 않습니다."

"허허."

"사부님께서 많은 것을 남겨주셨으니 저는 죽을 때까지 감사함으로 사부님을 그리워할 것입니다."

"쯧쯧, 가상한 말이긴 하나 현실이 그렇지 않으니 네 처지가 불쌍할 뿐이다. 문으로 내려간다면 너는 네가 가진 특수한 항렬상 혼자 살아가야 한다. 외롭고 힘든 일이 될 터, 네가 원한다면 장문인께 말씀드려 도호를 거두도록 해주마. 어쩔 테냐?"

즉, 산에서 내려갈 수 있도록 파문을 시켜주겠다는 뜻이다.

잘못함이 없음에도 파문을 권유한 것은 운호의 앞날이 파문보다 훨씬 고통스럽다는 것을 너무나 잘 알기 때문이었다.

높은 배문의 항렬.

풍운대와 함께했을 때는 문제가 되지 않으나 풍운대를 떠나 본산제자와 같이 살아가야 한다면 그 항렬이 운호의 족쇄가 되어 힘든 삶을 만들게 된다.

누가 자신보다 나이가 적은 사숙을 대접해 줄 것이며, 내공조차 없는 운호를 인정해 줄 것인가.

그에게 남는 것은 오직 타인의 무시와 외로움뿐.

그랬기에 청문자는 말없이 머리만 조아리는 운호를 끝까

지 바라보지 못한 채 고개를 돌렸다.

점창을 빛내는 무인이 되기를 갈망한 청곡자의 유훈을 잊은 적이 없다.

어릴 적부터 지금까지.

그리 되기 위해 피와 눈물로 살아온 운호를 지켜보며 얼마나 가슴 졸였던가.

사부님을 사랑하는 제자.

그 하나만으로도 청문자의 가슴에 깊은 멍울을 남겨놓기 충분했다.

풍운대를 떠나라는 말을 차마 직접 할 수 없던 청문자는 그대로 떠나려 했다.

침묵 속에 고개를 조아리고 있던 운호가 결심한 듯 입을 연 것은 청문자의 발길이 움직이기 시작했을 때다.

"미력하나마 사숙께 보여드릴 것이 있습니다."

"뭘 말이냐?"

"이것을 봐주십시오."

의아한 눈으로 자신을 바라보는 청문자를 일별한 운호가 천천히 뒤로 물러나 일장을 이격했다.

들고 있던 검을 품으로 끌어당겼다가 앞으로 주욱 내밀자 서릿발 같은 검풍이 일어나며 나무를 스치고 돌아왔다.

운호는 그 상태 그대로 사일검을 시전하기 시작했다.

사형제들이 보여주던 화려한 빛 무리는 아니었으나 검에

서 흘러나오는 것은 분명 흐릿한 검기였다.

"어허, 어허!"

청문자의 입에서 연신 감탄사가 흘러나왔다.

완벽한 검초에 깃든 내력.

풍운대가 지닌 내력에는 미치지 못했으나 완벽한 검초에 운호가 지닌 내력이 합쳐지자 무시무시한 사일검이 눈앞에 나타나고 있었다.

비록 내력이 모자라 분광과 회풍은 시전하지 못했지만 전삼식과 중삼식을 아우른 운호의 사일검은 단연 발군이었다.

그랬기에 찢어질 듯 눈을 부릅뜨고 있던 청문자는 운호가 검을 내려놓자 즉시 물어왔다.

"더 있느냐?"

"있긴 하오나 없느니만 못하옵니다."

"무슨 소리냐?"

"더 펼치면 육신이 찢어지는 고통이 생깁니다. 무리를 하게 되면 주화입마에……."

"어허, 자세하게 말하라!"

답답했는지 청문자의 목소리가 올라갔다.

그는 운호가 이야기를 시작하자 아무런 말도 없이 반 시진이 지나도록 듣기만 했다.

운호를 좌정시킨 채 등에 장심을 올려놓고 내력을 밀어 넣은 것은 이야기가 끝나자마자였다.

하지만 곧 그는 불에 덴 사람처럼 급히 양손을 거둬들여야 했다.

운호의 내공이 상상을 초월했기 때문이다.

현천진기를 수련한 점창문인들 중 풍부를 깬 무인은 여럿이었으나 이 정도의 내공을 갖는다는 건 어불성설이다.

자신의 내력이 몸으로 침범하려 하자 운호의 내력은 방탄이 가동되어 한 치의 진격도 허락하지 않았다.

이 정도라면 끝장을 보자고 마음먹는다면 모를까, 여유를 둔 침공은 불가능하다.

그것은 자신과 비슷하거나 그 이상의 내력이 운호의 몸에 내재되어 있다는 것을 증명했다.

그랬기에 청문자는 입을 다물지 못했다.

이해하고 싶어도 이해되지 않는 일.

아무리 천룡무상심법이 천고의 심법이라 해도 불과 십여 년 만에 자신과 비슷한 수준의 내력이라니.

더군다나 운호의 말대로라면 본격적인 내공 증진은 오 년 전부터 시작되었다. 앞으로 얼마나 많은 변화가 발생할지 짐작도 하기 힘들었다.

변수.

운호의 존재는 점창의 또 다른 변수가 될 것임이 분명했다.

돌아가신 청곡 사형은 운호가 만천자의 뒤를 이어 태양을 베는 검을 완성시킬 수 있을지 모른다고 말했다.

말도 안 되는 상상에 불과하다고 치부했으면서도 혹시 하는 바람에 운호를 지켜본 것도 사실이다.

운호의 독심과 천부적인 자질이 자신도 모르게 슬그머니 기대감을 심어놨기 때문이다.

하지만 운호는 그에게 실망만 주었을 뿐, 어떠한 변화도 보여주지 않았다.

새삼스럽게 헛웃음이 나왔다.

그렇게 지켜봤으면서도 운호의 변화를 전혀 눈치채지 못했다니 한심해도 너무나 한심해서 헛웃음만 나온다.

하지만 그것도 잠시.

모르면 몰랐을까, 사실을 안 이상 신중하게 생각할 필요가 있었다.

분광과 회풍의 오의를 완벽하게 깨달았으나 후예사일로 접어들자 벽에 가로막힌 것처럼 진전이 없다.

초식의 흐름과 변화를 몰라서가 아니라 내력이 실리지 않기 때문이다.

초식에 내력이 실리지 않는다는 것은 선조들의 말이 틀리지 않는다는 것을 나타낸다.

나름대로 현천기공을 후예사일과 접목시키기 위해 뼈를 깎는 노력을 했으나 태양을 벤다는 후예사일은 전혀 그 모습을 드러내 주지 않았다.

천룡무상심법만이 후예사일을 완성시킨다는 조사들의 말

씀을, 미친 듯한 발버둥 끝에 믿게 되었으니 어리석어도 한참이나 어리석었다.

그랬기에 운호의 존재가 특별하다.

천룡무상심법이 실체가 되어 나타난 이상, 운호는 점창의 미래였다.

운호에게 발생한 제약 조건이 난감했지만 점창이 지닌 모든 힘을 기울인다면 벗어날 방법이 생길지 모른다.

분광과 회풍이 사문에 돌아온 것은 천만다행이었으나 그것은 다른 문파와 겨우 대등한 관계를 형성할 수 있다는 뜻이었다. 천하제일문파의 위치를 되찾을 수 있다는 것을 의미하는 건 아니다.

분광과 회풍 정도의 비학은 전통의 명문이라면 모두 몇 가지씩 가지고 있기 때문이다.

하지만 후예사일이 점창에 있다면 이야기는 백팔십도 달라진다.

후예사일은 무림 역사상 전무후무한 무적의 비학이었으니 점창이 후예사일을 품는 순간 천하제일문파의 명예는 자연스레 되돌아오게 된다.

점창의 찬란한 비상.

운호가 후예사일을 익힐 수만 있다면 진정한 점창의 비상이 시작될 수 있었다.

운여와 운상은 다른 사형들보다 먼저 도착해 운호를 찾았다.

　같은 나이에 같은 항렬.

　친구로 맺어져 오랫동안 살아왔으니 그 누구보다 운호의 처지에 애태운 사람들이다.

　벌써 그들의 나이 스물셋.

　코 흘리던 아홉 살에 만났으니 벌써 십사 년이나 지났다.

　줄곧 살을 맞대고 살아온 것은 아니었으나 그 오랜 기간 만들어낸 정이 어찌 얕겠는가.

　운호가 풍운대를 떠나는 것은 자연스러운 일이었다.

　무력의 격차가 생각보다 훨씬 컸기 때문에, 사숙도 사형들도 운호가 풍운대에서 이탈하는 것은 당연한 일이라 생각했다.

　그럼에도 그러한 사실을 지금까지 말하지 않은 것은 미친 듯 열망하는 운호의 집념이 그들의 가슴에 깊게 자리하고 있었기 때문이다.

　독종 운호.

　내력이 없는 몸을 가지고 미친놈처럼 수련하는 그의 모습은 진정 존경스러울 지경이었다.

　그럼에도 가끔 가다 드러나는 그의 절망을 슬그머니 못 본 체 고개를 돌려야 했다.

　언제나 밝은 모습을 보이기 위해 노력하는 운호였으나 숲

속 깊은 곳에서 억눌린 울음을 지을 때마다 운여와 운상의 가슴은 새까맣게 타들어가곤 했다.

위로해 준다고 해서 위로가 되는 것은 아니었으나 진심으로 운호의 고통을 나누고 싶어 했다. 하지만 그 고통은 절대 나눌 수 없는 것이었다.

그랬기에 더욱 안타까워 운호의 주변을 맴돌 수밖에 없었다.

아무리 수련에 바빠도 혹시나 운호가 외로워할까 봐 그들은 번갈아가며 운호의 곁을 지키곤 했다.

아쉬운 이별의 시간.

오늘이 지나면 보지 못할 테니 일찍 수련을 접고 먼저 숙소로 돌아왔다.

다른 사람한테 방해받지 않고 친구들만의 시간을 갖고 싶었기 때문이다.

하지만 그들은 숙소에 도착한 후 한동안 아무런 말을 하지 못했다.

실의에 빠져 있을 거라 생각한 운호는 숙소를 온통 들쑤셔 놓은 채 정리를 하고 있었는데, 그들이 온 것도 모를 만큼 바쁘게 움직이고 있었다.

"뭐하냐?"

"보면 몰라? 짐 싸고 있잖아."

"그러니까, 그걸 네가 왜 하냐고?"

"내일 출전이니까 정리해야지."

"그만둬. 우리가 할게."

"거의 끝났다. 수련하느라 고생했을 텐데 저기서 쉬고 있어."

"내가 한다니까!"

운호가 웃는 얼굴로 대답하자 운상이 소리를 버럭 질렀다.

이런 게 싫다.

아프면 아프다고 하고, 슬프면 슬프다고 해주길 바라는데 운호 이놈은 항상 이런 식이다.

그렇기에 괜히 화가 났다.

지금도 운호는 슬픔을 견뎌내기 위해서 일부러 몸을 바쁘게 만들고 있음이 틀림없었다.

그러면서 바보처럼 웃는다.

빗자루를 뺏어 든 채 운상이 휘적휘적 널브러진 옷가지며 물건들을 정리하기 시작하자 운호가 황당한 표정을 짓는다.

화를 내는 이유를 알면서도 갑작스럽게 소리를 치며 성질을 내자 입맛을 다실 수밖에 없었다. 그러다 슬그머니 다른 일을 찾기 위해 주위를 두리번거린다.

벌여놓은 것이 많기 때문에 운상한테 맡겨놓고 쉴 처지가 안 된다.

그때, 운여가 다가오며 슬며시 운호의 등을 툭 쳤다.

"짐 쌌냐?"

"웅? 웅."

"어디로 가라는 말씀은 없었고?"

"아직. 나중에 말씀해 주시겠지."

운호는 대답하면서 울적한 표정을 짓는 운여를 향해 활짝 웃어주었다.

운여는 마음이 여려 저런 표정을 자주 짓는다.

그래서 그를 대할 때마다 운호는 더욱 활짝 웃었다.

"사형들은?"

"우리만 먼저 왔다. 우리끼리 오붓이 이야기라도 하려고."

"사내놈들끼리 무슨 재밌는 얘깃거리가 있다고. 괜한 짓을 하고 있어."

"이놈아, 넌 왜 그리 야박하냐? 그래도 오늘이 마지막 날인데 분위기 좀 잡으면 어때!"

"분위기는 무슨. 비가 올라나, 날씨도 우중충하구만."

"하긴 그것도 어렵겠다. 이렇게 홀랑 뒤집어놨으니 정리하기도 바쁘겠어. 많이도 뒤집어놨다. 사형들 오기 전까지 정리가 될지 모르겠네."

"오 년 세간이 오죽하겠어. 저쪽에 있는 건 버릴 거니까 건드리지 마. 그리고 이쪽은 개인 용품을 정리해 놓은 거니 니들 짐부터 싸. 야, 운상아. 성질 그만 부리고 이리 와서 짐 싸라니까."

"싫다, 인마!"

"그놈 성질하고는."

셋이서 부지런히 움직여 숙소 정리를 끝마치자 운몽을 선두로 사형들이 하나씩 나타나기 시작했다.

그들은 말끔하게 변해 버린 숙소를 확인하고 탄성을 질렀는데, 운극은 여기저기 둘러보느라 정신이 없었다.

사내들끼리만 모여 살았고, 더욱이 무공을 수련하느라 거의 매일 밤늦게 돌아왔으니 방을 치우는 것에는 신경을 쓰지 않았다. 때문에 숙소는 거의 난장판 수준이었다.

그렇다고 누구 하나 청소하자는 소릴 한 적도 없다.

무공을 익히는 것만 해도 부족한 시간을, 청소하는 데 소비한다는 것은 있을 수 없는 일이었다. 그들은 무언의 약속으로 청소에 대한 게으름을 용납했다.

하지만 이렇듯 치워놓고 나니 새삼 눈이 다 시원해졌다.

"이놈들아, 미리 치워놓고 살았으면 얼마나 좋아. 떠날 때가 되니 철이 들어?"

"하하, 그러게 말입니다."

"저건 왜 안 쌌어?"

"사형들 개인 물품이라서 그냥 모아만 놨습니다. 정리해서 쌀까 하다가 아무래도 직접 하시는 게 나을 것 같아서 말입니다."

까칠한 성격이 죽은 건 아니지만 운상의 대답을 들은 운몽이 순순히 고개를 끄덕인다.

개인 용품은 당사자가 싸야지, 다른 사람이 싸면 대부분 다시 해야 했다.

운몽은 풍운대의 잡일을 도맡아했는데 대사형인 운곡의 팔다리 역할을 충실하게 해냈다.

원래는 운검이 해야 할 일이었으나 무공에 미친 운검은 그런 쪽에는 전혀 신경을 쓰지 않았다.

지금도 운검은 한쪽 침상에 기대어 눈을 감고 있는 중이었다. 수련에서 미진한 점을 생각하며 상상 수련을 하고 있는 것이 분명했다.

운몽은 운천과 운극을 향해 입을 열며 자신의 짐 쪽으로 걸음을 옮겼다.

"뭣들 해. 얼른 짐 싸자."

"대사형께서는 어디 가셨습니까?"

"아까 사숙께서 호출하셔서 갔다. 곧 돌아오실 게다."

운여의 물음에 운몽이 대수롭지 않다는 듯 대답하고 자신의 짐을 싸기 시작했다.

그러면서도 흘끔 운호를 바라보는 걸 잊지 않았다.

그도 지금 눈을 감고 있는 운검도, 그리고 늦게 나타난 사형들도 운호의 얼굴을 한 번씩 훔쳐봤다.

입을 열어 위로를 해준 사람은 없었다.

사내들은 가끔 백 마디 말보다 말없는 침묵이 훨씬 더 가슴 속의 감정을 잘 나타내는 법이다.

운곡이 나타난 것은 사형제가 모두 자신의 짐을 꾸린 후 여기저기 흩어져서 쉬고 있을 때였다.

그는 들어서며 사제들을 불러 모았는데 평소와는 다르게 얼굴이 잔뜩 굳어 있었다.

"출발은 진시다. 모두 떠날 준비에 만전을 기하라."

"저희는 준비가 끝났습니다. 그런데 사형, 청문 사숙께서는 어쩌신답니까?"

"사숙께서는 함께 가시지 않는다."

"그럼 우리만 갑니까?"

"그렇다."

운검의 질문에 답하면서 운곡의 얼굴이 더욱 굳어졌다.

그의 나이 서른.

적지 않은 나이였으나 이번이 강호 초출이고 더욱이 풍운 대 단독으로 임무를 부여받았기 때문에 압박감은 무척이나 컸다.

강호에 그냥 나가는 것이 아니라 세상에서 가장 강력하다는 삼십팔무맥 중 하나인 칠절문과 생사를 건 일전을 치르기 위함이니, 풍운대를 이끌어야 하는 운곡은 그간의 여유로움을 보이지 못했다.

그건 다른 풍운대원들도 마찬가지였다.

당연히 그들을 가르치던 청문 사숙이 함께 움직일 거라 생각했는데 그렇지 않다니 난감한 생각이 들어 쉽게 입이 떨어지지 않았다.

하지만 운검은 잠깐의 침묵을 깨고 다시 질문했다.

"그럼 우리는 어디로 가는 겁니까?"

"먼저 무정현으로 간다."

"문의 주력도 그쪽으로 가겠지요?"

"그렇다."

"그럼 같이 가지 않는 이유가 있을 텐데 그게 뭡니까?"

"우리는 무정현 싸움에 가담하지 않는다. 곧장 무정현으로 가되, 거기서 싸움이 벌어지면 칠절문이 있는 사천으로 들어가 주력을 기다린다."

"기다리기만 한단 말입니까?"

"그럴 리가 없지. 우린 주력이 오기 전까지 사천을 휘젓는다. 이번 싸움은 운남이 아니라 사천에서 하자는 게 사숙들의 생각이시다."

"놈들의 주력이 운남으로 넘어오지 못하게 만드는 것이 우리의 임무군요."

"그렇다."

"그렇다면 위험합니다."

"그러니까 우리가 가는 것이다. 우리는 풍운대가 아니냐."

"무슨 말씀인지 알겠습니다."

"사천의 기습 작전에 운호와 운상을 뺀다. 운호와 운상은 풍현 근처에서 문의 주력과의 연락을 맡도록."

"운호도 가는 겁니까?"

"청문 사숙께서 그리 결정하셨다."

호롱불에 비친 노인의 얼굴은 한껏 주름지고 피부의 윤기마저 사라져 죽은 사람의 것처럼 느껴질 정도였다.

거기에 검버섯까지 군데군데 피어 있고 허리마저 구부러져, 앉아 있음에도 지팡이를 의지해야 할 정도로 노쇠했다. 노인은 바로 청허자였다.

점창 최고 배분 장로로서 오직 사문의 번영을 위해 혼신을 다해온 그는 앞에 앉아 있는 사제들을 바라보며 한동안 말이 없었다.

자신도 모르게 스르륵 흘러내리는 눈물.

평생을 꿈꾸며 기다린 순간이었으나 자신은 늙고 병들어 함께하지 못한다.

대업을 앞에 둔 사제들에게 눈물을 보이면 안 된다는 걸 알면서도 아쉬움에 새어 나오는 눈물을 막지는 않았다.

"청자배 열 명의 형제 중에 겨우 셋이 나서는구나. 장문인이야 그렇다 쳐도 둘은 죽고 셋은 병들었으니 세월이 야속하기만 할 뿐이야."

"몸은 떨어져도 마음은 한결같다는 걸 잘 알고 있습니다. 사형의 염려와 의지를 가슴에 명심하고 신중하게 움직일 테니 염려 놓으십시오."

"청명."

"예, 사형."

"위로 다섯이 전부 부재중이니 자네가 책임잘세. 이 일전에 점창의 미래가 달려 있다는 걸 명심해 주게."

"알고 있습니다."

"우리는 칠절문과 달라서 한 번 삐끗하면 그걸로 끝이야. 다시는 돌이킬 수 없단 말일세."

"그리 되지 않을 것입니다."

"아이들을 무사히 데려오시게. 그들을 잃어버리면 이 싸움은 이겨도 이긴 것이 아니야. 알고 있지?"

"전쟁에서 부득이한 손실은 어쩔 수 없을 테지요. 하지만 사형의 말씀이 지당하니 제 육신과 아이들의 목숨을 맞바꾸겠습니다."

"그리해 주게."

당부하는 사람이나 대답하는 사람이나 목소리는 조용했지만 거기에 담긴 뜻은 강했다.

자신의 죽음으로 제자들을 지키겠다는 청명자나, 그리해 달라고 부탁하는 청허자나 가슴속에 들어 있는 것은 오직 하나, 점창의 비상과 번영뿐이었다.

그랬기에 청허자는 섬뜩한 청명자의 대답에도 그저 고개만 끄덕였다.

"무정현에 들어온 자들은 비룡단이라 하더군. 삼 개 대가 들어와 자리 잡았다고 하니 옛날처럼 간을 보는 중인 것 같아. 계획은 세워졌나?"

"청무 사형이 운풍과 함께 잡는 것으로 계획했습니다."

"자네와 청명은 차단할 생각인가?"

"차단과 더불어 사천에서 운남까지 이어진 칠절의 고리를 완벽하게 끊어놓아야 합니다. 그래야만 승부가 쉬워집니다."

청문자의 얘기는 청무자가 무정현에 들어온 비룡단을 처리할 동안 사천까지 이어진 칠절문의 분타들을 모두 정리하겠다는 뜻이다.

기습.

시간이 생명인 작전이다.

그랬기에 노회한 청허자는 바로 걱정을 나타냈다.

"전왕에게는 머리가 뛰어난 천수가 있지. 우리의 생각을 읽을 텐데 걱정이군."

"시간 싸움입니다. 누가 더 빨리 움직이느냐에 달렸지요. 그래서 변수를 마련했습니다."

"변수라?"

"풍운대를 사천에 보낼 생각입니다. 사천을 치면 놈들은 움직이지 못합니다."

"그 아이들을 사지에 보낸단 말인가? 말도 안 되는 생각일세."

"사형께서 알다시피 우린 가동할 수 있는 전력이 그리 많지 않습니다."

"안 돼. 다시 고려하도록 해. 그 아이들을 어떻게 키웠는데!"

"풍운대는 화초가 되어서는 안 됩니다. 수많은 비바람을 맞고 자라는 잡초가 되어야 진정한 무인으로 성장할 수 있습니다. 그리고 그 아이들은 충분한 능력을 가졌습니다. 사형, 저를 믿어주시지요."

"꿍!"

담담한 청문자의 대답에 청허자의 입에서 돌 떨어지는 소리 같은 신음이 새어 나왔다.

자칫 잘못하면 점창의 미래가 사천에서 한꺼번에 덧없이 사라질 수 있기 때문이다.

하지만 그는 무표정하게 자신을 바라보는 청문자를 향해 더 말을 꺼내지 못했다.

전장에도 나가지 못하는 뒷방 늙은이의 걱정이 험한 길을 가야 하는 사제들의 심기를 어지럽힐까 우려되어 한숨만 흘려냈다.

여유 없는 전쟁.

사문의 비상이 시작되는 전쟁이었으나 점창은 한 올의 여유조차 없었다.

　청명을 비롯한 청무와 청문자는 부대를 삼 대로 나누고 각기 하나씩 맡았다.
　점창십삼검 중 운풍과 운학이 청무자에 배속되었고, 나머지는 각 대에 셋씩 배치했다.
　각 부대의 인원은 오십.
　각고의 노력으로 키운 명자배까지 함께하니 점창의 최정예가 모두 나서는 출전이다.
　백 년 만에 나서는 산문이었으나 그들의 출전은 조용했다.
　배웅도 없었고 이별에 대한 아쉬움도 없었다.
　그들의 눈에 있는 것은 오직 전의.
　다시는 침묵 속에서 살지 않는다.
　죽음이 필요하면 목숨을 내어줄지언정 눈물을 흘리며 돌아오진 않을 생각이다.

　점창에서 무정현까지의 거리는 꼬박 반나절이 걸린다.
　무정현은 칠절문의 최대 지부 무룡단이 위치한 학경에서 불과 한 시진 반 거리였으니 지리상으로는 분명 칠절문의 영향이 훨씬 큰 곳에 위치하고 있었다.
　그럼에도 점창의 영향권 아래 무정현이 놓여 있던 이유는 사람 때문이다.

점창의 검이 있고 점창의 혼이 있었기에 천하가 무정현을 점창의 땅이라고 생각한 것이다.

산문을 나서 신법을 펼쳐 질주하던 청무자는 남화(南華)에 도착해서야 신형을 잠시 멈추었다.

거의 두 시진 동안 달렸기 때문에 뒤를 따르던 제자들은 거친 호흡을 달래느라 애쓰고 있었다.

사형인 청명자와 사제인 청문자는 각기 방향을 바꿔 영인과 학경을 목표로 전진하는 중이었다.

최대한 빠른 시간 내에 무정과 영인, 학경에 있는 칠절문의 전력을 소멸하는 것이 목표였기에 전력을 다해 이동하고 있을 것이다.

무정현에 들어온 비룡단은 오 년 전 무단으로 침입해 숭의문을 도륙했던 선룡단과 달리 패악을 부리지 않았다.

칠절문이 점창의 땅 무정현에 들어온 이유는 자신들의 세력을 넓히기 위함이었다. 그들은 무정현의 상권을 하나씩 장악하며 조금씩 점창의 영향력을 깎아내리는 작전을 폈다.

점창의 입장에서 봤을 때는 오히려 더욱 괴로운 행동이었다.

차라리 선룡단처럼 무고한 사람을 죽이는 패악을 저질렀다면 천하는 칠절문의 행위를 질타했을 것인데, 조용히 영역만 확장하자 세상의 눈은 점창의 행동을 주목하는 데 그쳤다.

일 년 동안 점창에서 아무런 반응도 보이지 않자 세상은 점 창이 칠절문의 무력에 굴복한 것이라 생각했다. 그리고 무정 현을 칠절문의 영역으로 선 긋기 시작했다.

그것은 이미 오 년 전부터 서서히 벌어진 일이었다.

오 년 전 선룡단의 패악을 끝까지 징치하지 못하고 점창이 봉문에 가까운 결정을 내리자 무림은 무정현의 싸움에서 칠 절문이 승리한 것이라 판단했다.

"저기구먼."

"사숙, 지금 하시겠습니까?"

"어차피 해야 될 거라면 기다릴 필요가 있겠어?"

"그건 그렇지만 이동하느라 제자들의 기력이 많이 고갈된 상탭니다. 잠시 휴식을 취하는 것이 좋을 듯합니다."

"맞는 말이군. 그럼 반 시진만 쉬도록 하지."

운풍의 건의에 청무자는 두말하지 않고 그의 뜻을 받아들 였다.

본산의 대사형 운풍.

자신이 사숙의 위치에 있지만 운풍은 이번 일이 끝나는 대 로 장문인의 자리에 오를 사람이다.

더군다나 그의 무력은 운자배에서 가장 강력했고, 성품이 곧고 깊어 제자들의 신망이 대단했다.

청무자는 제자들이 바라보는 자리에서는 언제나 그의 말

을 존중해 주었다.

운풍의 지시에 제자들이 정연한 모습으로 자리를 잡고 휴
식을 취하자 청무자는 멀리 보이는 장원을 향해 시선을 주었
다.

대지만 족히 천 평에 가까웠다. 중심에는 삼 층짜리 전각이
있었고 그것을 둘러싸듯 세워진 건물이 다섯 채나 있었다.

환각이라 불리는 장원이다.

비룡단의 삼 대라면 거의 백 명에 육박하는 인원이다.

그런 인원을 한꺼번에 수용하려면 저 정도 규모는 되어야
할 것이다.

그런데 지켜볼수록 이상했다.

지금은 오시.

한창 일할 시간이라 장원을 비웠다 해도 움직이는 무인들
이 보이지 않았다.

"운풍, 이상하지 않나?"

"저도 그렇게 생각하고 있습니다. 어차피 기습할 생각은
아니었으니 직접 확인하고 오는 게 좋겠습니다."

"그리하게."

검을 비틀어 쥐는 운풍을 향해 청무자가 고개를 끄덕였다.

그의 말이 맞다.

이렇듯 급속 이동한 것은 칠절문의 본단 전력이 무정현 싸
움에 개입하지 못하게 함이었을 뿐, 비룡단을 기습하기 위함

은 아니었다.

점창의 힘을 처음으로 세상에 노출하는 순간이니 오직 순순한 무력으로 당당하게 승부할 생각이었다.

사형들에게 성질이 급하다는 소리를 들었고, 그 성질 탓에 검조차 정풍을 닮았다며 질책을 당하기 일쑤였다.

사문이 업신여김당하는 것을 죽기보다 싫어해, 젊은 시절에는 일 년 동안 제대로 움직이지 못할 정도로 많은 싸움을 벌이기도 했다.

그렇게 사고를 치고 다닌 청무자였으나 질책을 하면서도 사형들은 언제나 그의 편에 서서 중벌이 내려지는 것을 막았다.

이기는 것보다 지는 것이 많았던 싸움.

지고 나면 언제나 찾아오는 절망과 자괴감으로 온 밤을 하얗게 새웠다.

얼마나 괴로웠던가.

그러나 그 절망에 지쳐 포기하기에는 그의 집념과 의지가 결코 나약하지 않았다.

다시 일어선 그는 패배를 되풀이하지 않기 위해 은둔 속에서 뼈를 깎는 수련을 했고, 분광과 회풍이 점창으로 돌아온 후에는 침식마저 잊은 채 검에 미쳤다.

그 세월이 무려 이십 년이다.

이제 그 정풍검이 드디어 오늘 세상을 향해 뽑혀 나온다.

한 손에 검을 든 운풍은 마치 산보라도 나온 사람처럼 천천히 걸어 호문(虎間)이라 적혀 있는 환각의 정문에 도착했다.

소리 내어 부르지 않았다.

어차피 정문을 지키는 무인이 없었고, 안쪽으로도 사람이 보이지 않아 소리칠 이유가 없었다.

그런데 확실히 뭔가 이상했다.

기파를 쏘아 확인했으나 삼 장 너머까지 주변의 움직임이 전혀 느껴지지 않았다. 그것은 장원이 완전히 비었다는 걸 의미한다.

정문을 통과해 한참을 들어가자 노인이 마당을 쓸고 있는 것이 보였다.

그는 운풍이 근처까지 다가서서야 비질을 멈췄는데 굽은 등이 청허자의 것과 비슷했다.

"누구요?"

"여기에 칠절문 사람들이 묵고 있다고 들었는데, 그들은 어디 있소?"

퉁명한 질문에, 극도로 절제된 공손한 되물음이 운풍의 입에서 흘러나왔다.

목소리는 굵고 작았으며 부드러워 사람을 편안하게 만드는 데가 있었다.

그 때문인지 노인의 목소리도 슬며시 변했다.

"떠났소. 오늘 아침에."

"떠나다니요?"

"아무런 말도 없이 떠났소. 그런데 왜 그러시오?"

"그들을 만나기 위해 먼 곳에서 왔습니다. 그런데 떠났다고 하니 참으로 난감하오. 혹시 왜 떠났는지 모르십니까?"

"난 아무것도 모르오. 잡일이나 하는 사람이 그들의 행사를 알 수가 있나. 하지만 노임까지 모두 계산해 주고 갔으니 아마 돌아오지는 않을 것 같구려."

노인은 말을 마침과 동시에 더 이상 볼일이 없다는 듯 몸을 돌려 다시 비질을 하기 시작했다.

전형적인 하인의 모습.

그 모습을 운풍은 한참 동안 물끄러미 지켜보다가 호문 쪽으로 걸음을 옮겼다.

정보가 샜다.

아니, 정보가 노출됐다기보다는 칠절문의 세작들이 점창의 움직임을 미리 포착했다고 보는 게 맞았다.

극도로 조심했고 최대한 빨리 움직였는데도 비룡단이 쥐도 새도 모르게 숨어버린 걸 확인한 순간 긴장감이 확 밀려들었다.

무서워서 숨은 것이 아니라 반격하기 위함이 틀림없으니 점차 마음이 빨라져 호문을 나설 때는 벌써 유운신법을 펼치고 있었다.

지금 환각이 보이는 유능에서는 청무 사숙과 선봉대가 아무런 경계도 없이 휴식을 취하고 있는 중이다.

먼 길을 달려오느라 그들은 극도의 피로감에 사로잡혀 있는 상태였다.

기습이라도 받게 된다면 치명적인 피해를 입을 수도 있기 때문에 운풍은 급하게 신형을 날리며 내력이 담긴 휘파람을 연신 불어댔다.

그랬기에 그는 비질을 하던 노인이 호문까지 나와 그의 모습을 지켜보는 걸 알아채지 못했다.

"도착했다고?"

"예, 방금 일대주한테서 전서구가 도착했습니다."

"클클. 그놈들, 꽤나 당황했겠군."

은빛 머리칼을 곱게 빗어 넘긴 노인이 중년 사내의 보고를 받은 후 쓴웃음을 흘려냈다.

비룡단주 도절 상후.

칠절문이란 이름은 전왕 혁기명이 강호에 나와 의형제를 맺은 일곱 명의 무인을 총합하여 만든 것인데, 그중 하나가 바로 도절 상후였다.

칼 하나만으로 사천과 섬서를 넘나들며 불패의 신화를 쌓아올린 절정고수.

비룡단은 칠절문 삼대전투부대 중 하나로서, 선룡단과 어깨를 나란히 할 만큼 강한 무력 단체였다.

"헤매고 있을 테지?"

"그럴 겁니다. 도나 닦던 자들이 언제 이런 걸 해봤겠습니까?"

도절이 불쑥 던지자 앞에 있던 전무대주 호천성이 씨익 웃으며 대답했다.

비웃음에 가까운 것이었는데, 점창의 행사는 그런 웃음을 짓게 만들 만큼 허술했다.

칠절문은 일 년 전 무정현에 들어오며 제일 먼저 점창과 가장 가까운 상현과 우창에 비각의 무인들을 풀어놨다.

선룡단을 부순 점창의 저력이라면 반드시 이대로 물러서지 않을 것이라는 판단 때문이다.

전쟁의 기본은 전력의 대등이다.

전력 차이가 별로 없다면 전술과 전략이 승패를 결정짓겠지만 압도적인 전력 차이는 무조건적인 승패를 불러온다.

따라서 칠절문은 점창을 수시로 감시하며 그들의 출전 시기를 가늠해 왔다.

아무리 비룡단이라도 점창의 주 전력과 고스란히 부딪치면 무조건 전멸한다고 봐야 했다.

그랬기에 그들은 점창의 주력이 산을 나섰다는 정보를 입수하자마자 환각을 비우고 복우산으로 이동한 것이다.

"비각은 계속해서 따라붙고 있나?"

"그렇습니다. 방금 들어온 정보에 의하면 청명자와 청문자가 이끄는 부대가 영인과 학경으로 향했다고 합니다. 놈들은 우리 지부를 노리고 있습니다."

"스스로 무덤을 파는구나. 그곳에도 정보가 갔겠지?"

"우리와 동시에 갔으니 알고 있을 것입니다."

"지원군은?"

"쌍로께서 오군과 함께 오시는 중입니다. 반 시진이면 도착하실 겁니다."

"오랜만에 피가 끓는구만."

"단주님 말씀대로 점창은 스스로 무덤을 팠습니다. 전력을 분산하다니 가소로운 짓입니다. 이곳으로 온 놈은 오십 명. 그 정도면 단숨에 도륙할 수 있습니다."

"과신은 금물이다. 오 년 전 선룡단은 점창 무인 단 열 명에게 삼대가 박살 났다. 벌써 잊었느냐?"

"그때는 금마수 어른께서 자리에 없었잖습니까. 더군다나 쌍로와 오군께서 오고 있습니다. 이 정도 전력이면 그들을 상대하는 데 충분하고도 남습니다."

과한 걱정에 대한 반응은 약간의 짜증이 묻어나는 법이지만 호천성은 음성 하나 변하지 않고 자신감을 보였다.

하기야 그의 자신감이 과한 것은 아니었다.

점창에 당한 삼마수는 자신과 동격인 자들이었다. 그 정도의 전력으로 장로를 둘이나 소멸시켰으니, 쌍로와 오군이 가세하게 된다면 전력은 그때와 비교조차 되지 않는다.

자신이 모시는 도절 상후는 은마수가 다섯은 협공해야 상대가 가능한 절정고수이고, 칠절문의 호법을 맡고 있는 쌍로나 오군 또한 사천을 들었다 놓을 만큼 강력한 무력을 지니고 있다.

거기에 비룡단주 직속 부대 혈룡이 모두 대기하고 있는 중이다.

혈룡은 열 명으로 구성되어 있었는데, 그의 무력과 별반 차이가 나지 않을 만큼 강한 자들이었다.

오 년 전, 팔이 잘린 은마수가 돌아와 점창장로의 무력이 상상을 초월했다고 증언했으나 칠절문이 점창을 치지 않은 것은 무력이 두려웠기 때문이 아니다.

세상의 이목.

명분 없이 전통의 명문 점창을 도륙해 버린다면 팽팽하게 맞선 작금의 정세에서 무림의 세력들은 칠절문을 공적으로 삼아 변화를 꾀할 수도 있었다.

더군다나 철마수가 점창의 속가 숭의문의 씨를 말려 버림으로써 명분에서 밀렸고, 접경지대인 마폭에서 당문과 분쟁이 생기며 첨예하게 대립하는 일이 발생했다.

칠절문이 일 년 전에야 운남으로 다시 진출한 것은 그런 복합적인 이유가 있기 때문이었다.

다시 말해 칠절문이 일 년 동안 점창을 예의 주시하며 기다린 것은 명분과 실리를 한꺼번에 얻기 위함이었다.

명문 점창은 세상의 이목 때문이라도 무정현으로 출전할 수밖에 없었다.

칠절문은 그것을 기다렸던 것이다. 그들에게 남은 것은 이제 죽음밖에 없었다.

하지만 도절은 여전히 경계를 늦추지 않았다.

강호의 오래된 여우 도절.

신중한 성격으로 매사에 빈틈을 보이지 않았으며 한 번 결심한 일은 끝장을 보는 성격이다.

"호랑이는 토끼를 사냥할 때조차 최선을 다한다고 했다. 우리도 그리해야 될 것이다."

"명심하겠습니다. 하지만 청문자도 아니고 청무자라니 조금 아쉽기는 하군요. 이왕이라면 점창 최고수라는 청문자를 보고 싶었는데 말입니다."

"그자들이 나를 우습게본 게지."

"청무자는 점창장로 중에서도 무력이 약하기로 소문난 자입니다. 단주님이 계신 걸 몰랐을 테지요. 알았다면 분명 청문자를 보냈을 겁니다."

"그럴 수도 있겠다."

"본단에서는 이번에 끝장을 볼 생각인 모양입니다. 단주님이 계신데 쌍로와 오군을 보낸 걸 보면 싸움이 끝나는 대로 곧장 점창산으로 갈지도 모르겠습니다."

"확실히 호 대주는 머리가 좋아. 이틀 후 검절께서 십오천강을 대동하고 이쪽으로 오신다고 했으니 그럴 가능성도 크다. 어쨌든 그건 나중 일이고 이제 슬슬 사냥 준비나 해볼까?"

2장

도절, 상후

풍현(風縣).

사천과 운남을 잇는 요충 도시로서 인구 삼만을 헤아릴 정도로 커다란 도시다.

운남의 특산물을 실어 나르는 상인들이 북적이고, 사천의 음식과 문화를 운남으로 전하는 식객과 묵객으로 붐비는 도시가 바로 풍현이다.

풍운대는 풍현에 도착하자 운호와 운상을 떼어놓고 곧장 사천으로 진입했다.

새벽에 출발해 해가 지는 시간에 도착했으니 한나절을 꼬박 달려 온 것이었지만 운곡은 쉴 틈도 없이 풍운대를 이끌고 급히 길을 나섰다.

지체해선 안 되는 중요한 임무가 있기 때문이다.

점창이 오 년 동안 봉문에 가까울 정도로 제자들을 세상에 내보내지 않았다 해도 정보마저 문을 닫아 걸은 것은 아니었다.

무정현은 점창의 땅이었으니 아무리 은밀하게 들어왔다 해도 점창의 눈을 속일 수 없다는 걸 비룡단주는 알지 못했다.

거기에 덧붙여 점창은 운남에 있는 속가들을 총동원해 칠절문의 움직임을 살피고 있는 중이었다.

전면전을 시작하면서 사천으로 수많은 세작을 파견해 병력의 이동을 철저히 파악하고 있었다. 쌍로와 오군이 철령산을 넘어 급속히 남하하고 있다는 정보는 그들이 학경을 넘어설 때 접수되었다.

정보는 입수했으되 조치를 취할 수는 없었다.

철령산은 무정현과 근접해 있으니 현재 점창에서 그들을 막을 병력은 전무했다.

대처 방안은 오직 하나.

청무자가 이끄는 병력이 그들을 포함해 비룡단 전원을 상대하는 길뿐이다.

그랬기에 운곡은 무서운 속도로 사천으로 진입했다.

쌍로와 오군뿐이라면 모를까, 더 많은 병력이 넘어온다면 청무자가 이끄는 부대는 고전을 면치 못할 것이다.

풍운대의 역할이 그래서 중요했다.

더 이상의 지원군이 운남으로 넘어오지 못하도록 사천을 헤집어놓아야 주력 부대의 싸움이 편해질 수 있었다.

"미안하다. 나 때문에."

"한 번만 더해, 그 소리. 사내놈이 계집애처럼 한 얘기 또 하고 또 하고. 너, 우리 임무가 얼마나 중요한지 몰라서 그래?"

"알지, 중요하단 거. 하지만 네가 사천에 못 간 건 순전히 나 때문이잖아. 여기 일이 중요해도 사천만 하겠어."

운호가 여전히 미안한 표정을 짓자 운상이 입맛을 다셨다.

아직까지 운상은 운호의 출전을 이해하지 못하고 있었다. 물론 그와 함께하는 것은 미치고 펄쩍 뛸 정도로 기쁜 일이었지만 이해가 안 되는 건 어쩔 수 없다.

풍현의 일이 중요하다며 운호를 안심시켰으나 어찌 사천으로 가고 싶지 않을까.

분명 피가 튀는 혈전의 연속이 될 터였으니 사형들과 함께 미친 듯 검을 휘두르며 점창의 혼을 불사르고 싶었다.

하지만 그는 그러한 마음을 숨기고 화제를 다른 쪽으로 돌렸다.

"방금 전에 무정, 영인, 학경에 있던 칠절문 지부가 종적을 감췄다는 정보가 입수됐어. 놈들이 우리 움직임을 꿰뚫고 있다는 뜻이다."

"우리 계획을 눈치채고 뒤로 빠진 거라면 풍운대가 위험해져."

"나도 그게 걱정이다. 그래서 말인데, 운호야."

"말해."

"아무래도 조인 쪽으로 자리를 옮겨야 될 것 같아."

"놈들을 찾겠다는 뜻이냐?"

"맞아."

"풍현은 어떡하고. 속가들의 정보가 이곳 풍현으로 들어오잖아."

"그러니까 너는 여기 있어야지."

"너만 가겠다고?"

"하루면 충분할 거야. 그때까지만 맡고 있어."

"만약 그자들이 사천으로 후퇴한다면 너도 사천으로 넘어가야 될 텐데?"

"그건⋯⋯."

"하루가 아니라 꽤 시간이 걸릴지도 모르겠군. 어쨌든 좋아. 여긴 내가 맡을 테니 넌 조인으로 가라. 사형들의 안전이 최우선이니 잘해."

"괜찮을까?"

"내 몸 하나는 건사할 수 있다."

운호가 결정짓듯 단호하게 말하자 운상의 고민이 슬며시 걷히는 것처럼 보였다.

그럼에도 걱정은 가시지 않은 얼굴이다.

말은 하지 않았지만 대사형이 자신을 운호에게 붙여놓은 것은 그의 안전이 걱정되기 때문이었다.

내공이 없는 운호가 적에게 노출된다면 커다란 위험에 직면하게 된다.

상상하기조차 싫은 내용이다.

하지만 그렇다고 조인으로 움직이지 않을 수도 없다. 현재 상황으로 봤을 때 풍운대 전체가 위험에 빠질 수 있었다.

어쩔 수 없는 선택.

조인으로의 출발은 위험을 감수하는 모험이 될 것이 분명했다.

"사숙, 그자들의 행방이 묘연합니다. 속가에서 백방으로 뒤지고 있는데 아직 소식이 없습니다."

"찾을 필요 없다."

"무슨 말씀이신지?"

"곧 그들이 우리를 찾아올 것이야. 쌍로와 오군이란 자들이 합세했다고 하니 우린 기다리기만 하면 된다. 싸우고 싶어서 안달이 난 놈들이 가만있겠어?"

불같은 성격을 가진 청무자였으나 부대를 이끌고 강호로

나오자 정말 정풍검이 맞는지 의심될 정도로 매사에 침착했다.

그는 점심 무렵 비룡단이 사라졌다는 운풍의 보고를 받고 눈을 지그시 감은 채 한참을 생각하더니 제자들을 환각으로 이동시켰다.

환각은 청소하던 노인마저 사라져 완벽하게 텅 빈 상태였다.

운풍을 시켜 제자들을 분산 배치시킨 뒤, 그는 대청에 느긋하게 앉아 지는 해를 바라보며 운풍, 운학과 함께 차를 마시는 중이었다.

비룡단이 사라졌다는 것은 그들의 정보망이 점창의 움직임을 사전에 알아챘다는 뜻이다.

당연히 노출될 거라 판단했기에 급속 북상했지만 비룡단은 몸을 숨겼다.

유리한 싸움을 하기 위함이 분명했다.

하지만 놈들은 다시 온다.

산에서 내려온 점창 전력이 세 개로 나뉘었다는 것을 아는 순간 놈들은 전면전을 피하지 않을 것이다.

칠절문은 그만큼 호전적이고 강한 전력을 가진 집단이었다.

"술 안 주냐?"

"이런 젠장. 산에 무슨 술이 있어?"

"그래도 먼 길 달려왔는데 뭐라도 줘야지. 난 그 뭔가가 술이었으면 해."

완벽하게 머리가 흰 노인이 도절 상후를 보며 뻔뻔스럽게 생떼를 썼다.

하지만 상후의 얼굴에는 불쾌한 기색 대신 반가움이 가득했다.

전막.

도절 앞에 앉아 있는 두 노인을 합쳐 강호인들은 홍염쌍로라 불렀는데, 흰머리를 한 노인이 엽문이고 키 작은 노인이 환사다.

그들의 독문 무공은 홍염장.

독특한 내공에서 발현되는 홍염장은 격중되는 즉시 내공을 상실케 만드는 위력이 있어 상대하기 까다로운 난공이었다.

한 사람이 움직이는 것처럼 합격하는 비술은 상대를 찾아보기 어려울 정도로 막강해 전왕이 십오 년 전 직접 초빙했다고 알려진 인물들이다.

오랜 세월 친구처럼 지내온 사이이기 때문에 엽문의 생떼에도 상후는 가릉거리며 즐거운 웃음을 지었다.

"잘들 지냈어?"

"그럼 잘 지냈지. 공짜 밥 얻어먹으려니 마음이 불편하기는 했지만 말이야."

"그렇기도 했을 거야. 우리 문주님이 그런 것엔 눈치를 주거든."

"내 말이 그 말이다."

"하여간 오랜만에 밥값 좀 해."

"청무자라고?"

"점창십삼검 중 운풍과 운학이 같이 왔다더군."

"어려운 일은 아닌 것 같구면. 청무자라면 오래전부터 동네북이 된 놈 아니냐."

"이십 년 전 얘기잖아."

"안 되는 놈은 안 돼. 개나 소가 사람 되는 거 봤어?"

"청무자가 들으면 거품을 물겠구만. 그래도 오랜만에 하는 싸움이니 몸들 조심해. 괜히 허벅지 베었다고 금창약 발라달라 떼쓰지 말고."

"클클클, 삭신이 녹슬어서 잘 움직여질지 모르겠지만 뭐 어쩌겠어. 밥값 하라고 등 떠미니 움직여야지. 언제 할 건데?"

"한 시진 후에."

"거참, 지금 막 도착했구만. 알았으니까 술이나 내와."

"술 없다니까."

"까불지 마. 도절이 술을 안 가지고 다니면 죽을 때가 된 거야. 좋은 말로 할 때 안 내놓으면 다 뒤집어놓는다?"

"알았다, 알았어. 딱 한 병만이야!"

환사가 정말로 뒤질 기세를 하며 벌떡 일어나자 여전히 웃는 얼굴의 상후가 손사래를 치며 말렸다.

그리고는 한쪽 구석에서 주섬주섬 술병을 꺼내 들었는데 한동안 뒤적거린 그의 손에는 육포도 따라 나왔다.

"빈집에 소가 들어왔군."

"그렇군요. 아주 재밌는 비유십니다."

환각을 지켜보던 비룡단주 상후가 입을 열자 옆을 지키던 마룡대주 갈천이 빙긋 웃었다.

그는 환각에서 운풍과 마주했던 노인인데 허리를 펴고 긴 수염을 떼자 그때보다 스무 살은 젊게 보였다.

그 옆으로 좌측에는 쌍로가, 우측에는 검은 죽립을 쓴 다섯 사내가 칙칙한 어둠을 뿜어내며 서 있었다. 나머지 전투부대의 대주들은 보이지 않았다.

죽립을 쓴 사내들은 칠절문의 비밀병기라 불리는 금륜오군이다.

그들은 안휘를 기반으로 활동하다가 남궁세가와의 충돌로 사천까지 넘어온 자였다.

검의 종가, 남궁세가의 추격을 가볍게 뿌리칠 만큼 대단한 무공을 지녔기에 혁기명은 한 치의 망설임도 없이 그들을 받아들였다.

남궁세가와의 관계가 다소 불편해지겠지만 그것을 감내할 정도로 금륜오군의 무공을 인정했다.

상후는 한참 동안 환각에서 시선을 떼지 않다가 뒤쪽에 선 사람들을 힐끔 쳐다본 후 고개를 한 바퀴 돌렸다.

그 모습에 팽팽한 긴장감이 느껴졌다.

"마치 제 집 안방처럼 퍼질러 앉아 있구만."

"죽기 전의 안락함이겠지요."

"애들은?"

"세 방향에서 대기 중에 있습니다."

"그럼 시작하지. 가봐."

"명을 받듭니다."

상후가 손짓하자 마령대주 갈천이 깊게 허리를 숙인 후 신형을 날렸다.

환하게 밝혀진 환각의 주위로 셀 수 없는 그림자가 포진한 채 그를 기다리고 있었다.

"사숙, 놈들이 왔습니다."

"생각보다 조금 늦었군."

운학이 다가와 보고하자 청무자가 검을 들고 일어섰다.

그는 여전히 한 올의 긴장감도 내비치고 있지 않았는데, 뒤를 따르는 운학과는 완벽하게 상반된 얼굴이었다.

빠르게 걷지 않았는데도 잠깐 만에 정문을 응시하고 있는 운풍이 눈에 들어왔다.

점창 무인들은 다섯 명씩 짝을 지어 방어선을 형성하고 적을 기다리는 중이었다.

시위가 당겨진 활처럼 팽팽한 긴장감이 그들 사이에 흘렀다.

정문은 활짝 열려 있었다.

마치 반가운 손님을 기다리기 위해 활짝 열어놓은 것처럼.

재밌는 것은 칠절문의 행동이었다.

마치 점창의 생각을 알아차린 듯 그들도 정문으로 덤덤하게 들어섰는데 정말 손님같이 보일 지경이었다.

정문을 통해 청무자의 앞에 선 인원은 모두 열여덟.

비룡단주를 비롯해 혈룡들과 쌍로, 오군.

그들은 태연하게 걸어 들어와 청무자의 삼 장 앞에 멈추어 섰다.

금방이라도 폭발할 것처럼 강렬한 기세였지만 청무자는 얼굴색 하나 변하지 않고 그들을 맞아들였다.

"주객이 전도되어 민망하구먼. 이봐, 도절. 어디 갔다 이제 오나. 손님 든 지가 언젠데."

"바람 쐬러 갔다 왔다고 하면 믿을 텐가?"

"다른 변명을 대봐. 그건 너무 상투적이잖아?"

"하하, 그런가? 그런데 자네 많이 컸군."

"뭐가?"

"예전에는 눈도 못 마주치더니 많이 컸어."

청무자의 여유로움이 마음에 들지 않는지 상후가 입꼬리를 말아 올리며 비웃음을 지었다.

완전히 무시하는 행동.

그는 이십 년 전의 일을 회상하며 청무자를 완벽하게 무시했다.

이십 년 전 청무자는 사천의 단양에서 단천도에게 죽을 고비를 맞은 적이 있었다.

가슴과 옆구리에 삼검을 맞고 검을 꺾은 청무자는 눈물을 흘리며 비 맞은 개처럼 불쌍하게 돌아갔다.

단천도는 자신의 수하인 마령대주 갈천과 비슷한 무력 수위를 가진 자였으니 충분히 비웃을 만했다.

하지만 상후의 눈은 말과 다르게 웃고 있지 않았다.

오직 비웃고 있는 것은 그의 말과 얼굴뿐.

차분하게 가라앉은 그의 눈은 너무 깊어 무슨 생각을 하고 있는지 알 수 없을 정도였다.

강호의 노련한 늑대의 격장지계.

그러나 청무자는 전혀 반응하지 않고 재미있다는 듯 고개만 끄떡일 뿐이다.

"그 새끼 말하는 싸가지하고는. 만약 그런 일이 있었다면 눈병이 나서 그랬을 테지. 설마 네가 무서워서 그랬을라고."

"늙더니 말을 잘하는군."

"네 부하들은 담장 밖에 있냐? 들어오라 그래. 한꺼번에 끝장 봐야지, 두 번 손질하기 귀찮다. 우리가 시간이 없기도 하고."

"시간이 왜 없는데?"

"사천엘 가야 하거든. 거기에 전왕인가 지랄인가 하는 놈한테 빚 받을 게 있어서."

"말만 잘하는 게 아니라 맵기도 하구나. 하지만 거기까지. 죽을 놈이라 봐줬더니 까부는 게 도가 지나쳐. 이제 주둥이질 그만하고 죽도록. 혈룡!"

"예, 단주님!"

"시작해."

도절 상후의 명이 떨어지자 뒤에 시립해 있던 혈룡 중 하나의 손에서 조명탄이 솟아올랐다.

그것을 신호로 환각의 담장을 넘어 비룡단의 무인들이 나타났는데, 그들의 손에는 뭉툭한 기형 병기가 들려 있었다.

"폭멸궁이다. 제자들은 오성진을 가동하라!"

적들의 손에 들린 병기를 확인하자 운학이 고함을 질렀다.

폭멸궁.

단거리에서 가공할 위력을 발휘하는 변형 화살이다.

당문에서 십 년 전 집단 전용으로 개발한 암기인데 연속 발사가 가능하고 위력이 커서 다수가 한꺼번에 공격하면 엄청난 손실을 입힐 수 있는 무기였다.

하지만 몰랐으면 모를까, 적들의 손에 들린 것이 폭멸궁이란 것을 안 이상 당할 가능성은 적다.

여기에 있는 점창 무인들은 명자배라 해도 당장 강호에 나가면 일류를 상회할 정도로 강한 사람이다.

거기다 다섯으로 구성된 오행진에는 절정으로 들어선 운자배 무인이 둘씩 섞여 있었기 때문에 폭멸궁 따위에 당하지는 않을 터였다.

분광과 회풍에 들어선 무인의 숫자는 모두 합쳐 스물에 지나지 않았으나 점창 무인들의 무력 수준은 그전과 비교할 수 없을 정도로 강해진 상태였다.

그 이유는 분광과 회풍을 익힌 무인들이 직접 후예의 육성에 뛰어들었기 때문이다.

상승 검로에 들어섰다는 것은 검에 대한 이해와 해석이 훨씬 깊어진다는 것을 의미한다.

득의.

검의 길을 안다면 가르침이 달라지고 배우는 자들의 속도와 질을 훨씬 효율적으로 끌어 올릴 수 있다.

그랬기에 이런 결과가 나타난 것이다.

최고 배분인 청자배 무인들과 점창십삼검이 밤을 낮 삼아 후예들을 가르침으로써 점창 무인들은 태산과 창천의 수많은 둔덕을 노닐 수 있었다.

이것이 명문의 힘이다.

추가적인 명령을 내리지 않았음에도 비룡단은 환각으로 떨어져 내리며 폭멸궁을 연속으로 발사했다.

피익, 피잉!

수많은 단살의 연사.

마치 비가 내리는 것처럼 쏟아진 화살이 점창 무인들의 머리 위로 쏟아져 내렸다.

하지만 선두에 선 운학이 먼저 사일검의 방어 절초인 비화(飛花)를 가동시키자 오행진을 구성한 점창 무인들 역시 동시에 비화를 펼쳐냈다.

아름다운 군무.

오행진 속에서 펼쳐진 비화는 꽃들이 허공을 향해 한꺼번에 터져 나가듯 환상적인 아름다움을 가지고 있었다.

그렇게 강력하던 폭멸궁이 그들의 춤사위를 뚫지 못하고 튕겨 나갔다.

마치 우산에 튕겨 나가는 빗방울처럼.

단 하나의 화살조차 점창 무인의 옷자락을 건드리지 못했고, 오히려 튕겨진 화살들이 비룡단을 향해 날아갔다.

그러나 비룡단 역시 가볍게 화살을 떨어뜨리며 환각 안으로 들어섰다.

손에 들었던 폭멸궁을 어느새 등 뒤로 돌린 채 점창 무인들을 포위하며 검을 꺼내 들고 있었다.

그냥 온 것처럼 보였으나 철저히 계획을 세운 것이 분명했다.

마룡대를 비롯한 삼대는 점창의 수뇌부를 무시하고 오행진을 펼치고 있는 점창 무인들을 공격했다.

동시에 쌍로가 운풍을 향해 튕겨지듯 움직였고, 금륜오군이 운학을 둘러싸며 금륜을 꺼내 들었다.

청무자는 싸움이 벌어지고 있는 장내를 둘러보다가 천천히 도절 상후를 향해 시선을 고정시켰다.

"이봐, 도절. 누가 이길 것 같으냐?"

"죽을 놈이 별걸 다 묻는구나."

청무자의 질문에 상후가 머릿결을 쓰다듬으며 풀썩 웃었다.

피와 검이 난무하는 전장에서 물어올 내용은 아닌 것이다.

하지만 청무자는 상후의 반응과는 상관없이 다시 입을 열었다.

"점창은 참 오랜 세월을 기다려 왔다. 가슴속에 한을 쌓은 채 참으면서 사는 건 참 힘든 일이었어."

"원래 도인은 그렇게 사는 거 아니냐? 무위자연 속에서 아주 우아하게. 속이 뒤집어져도 참으면서 말이지."

"도인에 대해서 잘 아는 모양이구나?"

"잘 알지. 신선이 되겠다고 설치는 놈들이잖아."

"맞는 말이다."

"그런데 왜 이런 고생을 해. 곱게 산에서 죽으면 사람들이 신선이 됐다고 생각해 줬을지도 모를 텐데."

"그랬을까?"

"나라면 그렇게 생각해 줄 거야. 그러니까 너희는 나오는 게 아니었어. 도인이란 자들이 재산이나 권력을 탐하다 보니 이렇게 된 거 아니냐. 그래도 무인이라고 꼴에 자존심이 상한 모양인데, 힘없는 놈들이 자존심은 무슨. 어쨌든 나온 이상 그냥 보내줄 수도 없게 되었다. 다음 생에는 괜찮은 곳에서 태어나도록. 잘 가거라."

"그놈 말하는 싸가지하고는. 넌 어째서 내가 죽을 거라고 생각하지?"

"누가 그러더라. 너는 사람이 아니라 똥개라고. 강호에 나와서 매번 개처럼 꼬리를 말고 도망쳤으니."

"맞아. 그런 적이 있었지."

"지금도 마찬가지야. 그리고 지금은 옛날처럼 도망치지도 못한다."

"네 말은 반만 맞고 반은 틀렸다. 나는 개는 개였으되 똥개가 아니라 미친개였거든."

"똥개든 미친개든 상관없다."

"크크크, 도절, 아마 엄청난 상관이 있다는 걸 곧 알게 될 거다. 그리고 무림이 청무자란 미친개에 의해서 어떻게 되는지 똑똑히 지켜보거라. 내가, 이 정풍검이 다시 강호에 나온 기념으로 네 목숨만은 살려주마."

"미친놈. 뭐해? 죽여!"

혈룡들이 다가서며 검을 뽑아 들자 청무자는 그들의 포위망에 스스로 갇혔다.

상후는 혈룡이 청무자를 포위하는 순간 이마를 찌푸린 채 슬그머니 뒤로 물어났다.

뭔가 이상하다.

개인이 다수를 상대하기 위해 가장 좋은 방법은 포위되지 않은 채 최소한의 인원과 상대하는 것이다.

누가 일부러 설명하지 않아도 칼밥을 먹은 사람이라면 누구나 아는 내용이다.

그렇기 때문에 일 대 다수의 싸움은 속도전이 되는 경우가 대부분인데 청무자는 오히려 느긋하게 포위망 안으로 들어왔다.

이런 경우는 두 가지뿐이다.

죽음을 무릅쓰고라도 단시간에 승부를 봐야 할 때와, 막강한 무력으로 포위망을 부술 자신이 있을 때.

청무자는 어떤 경우인가?

전투가 막 시작된 지금 청무자는 시간에 쫓길 이유도, 위험을 무릅쓴 채 단숨에 승부를 볼 이유도 없었다.

그렇다면 자신의 무력에 자신이 있다는 뜻인데 예전의 청무자를 떠올린다면 절대 이해가 되지 않는 행동이다.

상후는 눈살을 찡그리며 청무자를 노려봤다.

혈룡은 대주들과 비슷한 무력을 지닌 자들로 구성되어 있고, 그들이 수련한 사멸진은 자신이라 해도 감당이 어려울 정도로 막강하다.

그런데도 청무자는 태연하게 혈룡들 사이에 서 있다.

경륜(徑輪).

사람은 나이가 들수록 경륜이 깊어진다.

경륜이란 어떤 일을 계획하고 실행할 때 합리적으로 볼 수 있는 눈을 말한다.

무림에서 인생을 살아온 상후의 눈은 다른 사람의 경륜보다 훨씬 깊었다.

정확한 판단은 목숨을 거는 전장에서 승패를 결정짓는 중요한 요인이 된다.

그랬기에 상후는 매서운 눈으로 전장을 관찰했다.

싸움이 시작된 지 얼마 되지 않았으나 전장은 자신의 예측대로 돌아가지 않고 있었다.

무령대를 비롯한 삼대의 공격은 점창 무인들의 연환오행진에 막혀 꼼짝하지 못했고, 쌍로와 금륜오군의 공격 역시 생각만큼 원활하게 진행되지 않고 있었다.

운풍과 운학의 무력은 쌍로와 오군이 금방 어찌지 못할 정도로 강력했는데, 가끔 가다 쌍로와 오군의 신형이 휘청거리며 물러나는 것도 보였다.

대등한 싸움.

쌍로와 오군과 맞상대할 정도면 자신의 무력에도 뒤떨어지지 않는다는 뜻이 된다.

점창의 무력이 이 정도였단 말인가.

아무리 운풍과 운학이 점창십삼검에 속하는 강자들이라고는 하나 쌍로와 오군을 상대로 저리 팽팽하게 싸운다는 건 있을 수 없는 일이다.

생각이 생각을 물고 꼬리처럼 늘어져 금방 판단이 내려지지 않았다.

이마의 주름이 더욱 깊어지고 눈은 가늘어졌다.

그때 청무자가 검을 뽑는 것이 보였기에 상후는 생각을 멈추고 전장으로 눈을 고정시켰다.

청무자는 혈룡들의 공격이 시작되자 검을 들고 회전하며 섬전(閃電)을 펼쳤다.

그야말로 번개가 무색할 만큼 강력한 일격.

사일검의 선초 섬전은 제일 먼저 왼쪽 어깨를 노리고 들어온 혈룡을 튕겨내고, 뒤이어 오른쪽 허벅지로 들어온 검을 비틀어낸 후 앞으로 진격했다.

진격하면서 곧장 공중에 뜬 채, 검을 휘두르는 자의 몸통을 향해 풍영(風影)을 썼다.

바람의 그림자 풍영.

말 그대로 바람처럼 빠르며 그림자처럼 은밀하다.

풍영의 잔영이 허공을 가득 채웠다가 희미해져 갈 때 청무자의 신형은 어느새 일 장이나 뒤로 물러나 월파(月破)를 펼치고 있었다.

단 한 번의 동작만으로 세 초식을 연환해 펼친 청무자의 신형이 원래의 자리로 돌아왔을 때, 세 명의 혈룡은 몸을 고정시키지 못하고 비틀거렸다.

균형이 허물어진다는 것은 상처를 입었다는 뜻이다.

그것도 적지 않은 상처를.

예상은 정확했다.

비틀거리던 혈룡들은 제각각 어깨와 옆구리, 허벅지 등에서 피를 흘리고 있었다.

그런데도 그들은 금방 균형을 회복하고 냉막한 표정으로 재차 공격을 감행해 왔다.

고수의 움직임은 이처럼 냉철하다.

당한 자의 움직임이 이럴 지경이니 생생한 자들은 오죽하겠는가.

혈룡들은 사멸진을 형성시킨 채 세 명씩 공격해 왔는데 연환되는 공격의 방위는 일곱이었다.

즉 선두가 전후에서 공격했다면 다음 조는 좌우였고 그다음은 상중하를 노렸다.

그러나 더 무서운 것은 속도였다.

세 명의 공격이 순차적이다가 동시에 이루어졌고, 속도의 차이도 급격하다가 미세했기에 방어가 무척이나 어려운 합격진이었다.

더군다나 셋이 한 몸처럼 움직이니 쏘아진 내력의 기파가 응집되어 고스란히 청무자의 전신을 노렸다.

사일검법의 전삼식을 태산이라고 부른다.

검법의 기조가 육중하면서 빠르고 강하기 때문에 붙여진 이름이다.

중삼식은 창천이다.

강함 대신 무수한 변화로 조화를 이루기 때문인데 유로써 강을 제압하는 묘리가 검법 전반에 숨어 있었고, 이화접목의 수법이 가미되어 공격과 방어가 구별이 되지 않을 만큼 심오했다.

혈룡들의 연환 공격이 점점 강해지자 청무자는 거침없이 창천을 꺼내 들었다.

낙영(落英)을 펼쳐 먼저 들어온 세 명의 혈룡을 뿌리친 청무자는 곧장 뒤따르는 혈룡들을 목표로 무영(無影)을 펼쳤다.

그림자조차 남기지 않는다는 검초.

손을 떠난 검이 자신의 모습을 감추고 쏘아져 나갔다.

검이 사라질 수는 없는 일. 그만큼 빠르다는 뜻이다.

무영은 검초의 익힘 정도에 따라 검의 잔상 정도가 다른데, 청무자의 무형은 완벽한 빈 공간을 보여주었다.

보이지 않는다는 것은 방어가 어렵다는 뜻이다. 더군다나 혈룡들은 단숨에 격살시키겠다는 일념으로 공격에 치중하고 있었기 때문에 청무자의 공격은 더욱 큰 치명상을 남길 수 있었다.

"으윽!"

연이은 비명이 터지며 혈룡 중 셋이 바닥에 쓰러져 뒹굴었다.

다시 일어나지 못할 정도의 중상.

몸에서 핏줄기가 솟구치고 있었는데, 중요한 혈들이 파손되었을 때 나타나는 현상이었다.

셋이 쓰러짐에 따라 사멸진의 가동도 자연스럽게 중단되었다.

계속 공격할 수도 있었으나 도절이 끼어들며 막았다. 나머지 혈룡들은 도절을 중심으로 좌우에 늘어서서 청무자를 죽일 듯 노려봤다.

그러나 도절은 표정 하나 변하지 않고 탈명도를 꺼내 들었을 뿐이다.

"여어, 청무자. 제법 하는구나."

"놀라긴, 시작도 안 했다."

"푸하하!"

청무자의 대답에 상후의 입이 열리며 커다란 웃음이 새어 나왔다.

그는 웃음을 그치지 않은 채 탈명도를 툭툭 두드렸다. 혈룡들이 다쳤음에도 화가 난 얼굴은 아니었다.

아니, 오히려 찜찜함이 없어지고 즐거움이 가득 차 있었다.

청무자의 검이 예상한 범위에서 크게 벗어나지 않았기 때문이다.

이것이 가진 전부라면 자신이 나서는 순간 청무자의 죽음은 결정된 것이나 다름없다.

"빠르고 강해졌구나. 하지만 그 정도 가지고는 아직 멀었다."

"덤비기나 해. 자꾸 주절거리지 말고."

"이십 년 동안 산속에 숨어서 한 것이 겨우 그거란 말이냐. 참으로 불쌍하구나."

"칼이나 들어, 이 새끼야. 그러다 칼도 꺼내보지 못하고 죽는 수가 있으니까. 아까 말한 대로 목숨만은 살려주마."

"도사라는 놈이 주둥이가 더럽구나. 그 입부터 찢어버리겠다."

"점창에 사는 사람들은 그냥 도사가 아니다."

"그럼 뭔데?"

상후의 반문에 청무자의 입꼬리가 올라갔다.

그의 웃음은 싱그러웠고 자신감으로 넘치고 있었다.

"당한 것은 반드시 갚는 독종."

도절 상후의 광무십삼도는 팔십 년 전 사천과 감숙을 종횡하며 활약하던 마도(魔刀) 석문의 독문 무공이었다.

그 당시 석문은 칼 한 자루만을 들고 일인문파의 위력을 발휘하며 사천과 감숙을 지배했다 전해진다.

광무십삼도의 믿을 수 없는 파괴력에 사천과 감숙의 절정 고수들이 모두 패했다고 하니 석문의 위상이 어느 정돈지 알 만하다.

그러나 상후는 마도의 직전을 이어받지 못했다고 알려져 있었다.

어떤 경로를 통해서 광무십삼도가 상후에게 전수되었는지는 정확하게 알 수 없었으나 직전이 아님에도 상후는 도절이라는 칭호를 얻으며 사천에서 무적으로 군림했다.

만약 그가 마도의 직전을 이어받았다면 어찌 되었을까.

그렇다면 사천이 아니라 전 무림을 아우르는 절대고수가 되어 찬란한 명성을 얻었을지도 모른다.

그만큼 광무십삼도의 패도적인 파괴력은 정평이 나 있었다.

상후는 왼손을 들어 혈룡들을 물러나게 만든 후 천천히 청무자의 전면에 섰다.

혈룡과 합격을 하면 완벽하게 무너뜨릴 수 있겠지만 그것은 자존심이 용납하지 않는 일이었다.

지금까지 살아오면서 그는 자신의 싸움에 누구의 도움도

받아본 적이 없다.

더군다나 청무자에게 진다는 생각은 해보지 않았기에 혈룡들을 선뜻 뒤로 물렸다.

무인(武人).

진정한 무인은 승패를 떠나 목숨이 끊어지는 한이 있어도 부끄러운 짓을 하지 않는다.

이것이 그가 지금까지 살아오면서 가슴속 깊숙이 간직한 신념이다.

삼 보 앞에서 멈춘 그는 자신의 애병 탈명도를 도갑에서 꺼내 들고 청무자를 지그시 쳐다봤다.

"네 말대로 칼 뽑았다. 그러니 시작해 봐."

오연하게 서서 자신을 바라보는 도절 상후를 향해 청무자는 스산한 눈빛을 던졌다.

안다. 저자의 눈에 들어 있는 질시와 조소의 의미를.

그랬기에 검을 든 손에 더욱 힘이 들어갔다.

광무십삼도의 파괴력은 귀가 따갑게 들었다.

사천을 종횡하며 적수를 찾아보기 어려울 정도로 막강한 도법이라 들었다.

하지만 이 순간, 상후 너의 자존심과 칼은 나 미친개 청무자에 의해 산산이 깨진다.

바람을 따라 움직이는 구름처럼 청무자의 신형이 상후의 측면으로 미끄러지듯 파고들며 삼검을 쳐냈다.

번쩍!

검에서 빛이 흘렀고, 곧이어 파공성이 뒤따랐다.

섬전(閃電)이되 섬전이 아니다.

혈룡들에게 보여준 섬전에서는 방금 펼친 것과 같은 빛 무리가 생성되지 않았고 위력 면에서도 상대가 되지 않았다.

도절을 맞이한 청무자의 의지가 첫 공격에서부터 파괴적인 검초를 구사하게 만들었다. 그는 사일검의 전삼식 태산을 연환시키며 상후를 압박해 들어갔다.

그러나 고수는 적의 움직임을 읽는 눈이 탁월하다.

예측이라도 한 것처럼 상후는 뒤로 물러나며 공격을 막아냈다.

그가 펼쳐낸 광무십삼도의 방어 초식 유성간월(遊星杆月)은 청무자의 강력한 초식을 하나씩 비틀어내며 유연하게 흘려냈다.

방어에 따른 공수 전환.

상후의 몸이 교묘하게 회전하며 후퇴하는 청무자를 따라 잡았다.

"그 정도 가지고 큰소리를 치니까 똥개 소리를 듣는 거야!"

상후의 저음이 도명 사이로 울려나왔다.

그가 펼친 다섯 번의 칼질에서 칼 울음소리가 새어 나왔는데 마치 귀신의 울음소리 같았다.

쐐액!

역시 도절.

단숨에 공수를 전환한 도절의 탈명도가 청무자의 온몸으로 내리꽂혔다.

눈으로 보이지 않는 속도.

거기에 포함되어 있는 살기는 살을 엘 듯 시리게 차가웠다.

다가오는 칼을 맞이하는 청무자의 눈이 번질거렸다.

칼보다 더 심장을 긁은 것은 상후의 입에서 흘러나온 도발적인 언사였다.

그 입, 찢어버린다.

붉은 꽃잎 비화가 허공으로 날아올라 상후의 칼과 부딪쳤다.

검과 칼이 부딪쳤는데 바위 부딪치는 소리가 났다.

순식간에 흐른 오십 초.

태산에서 창천으로 연환되는 사일검이 공간을 장악하며 압박했으나 상후는 교묘하게 방어와 공격을 전환하며 오히려 청무자를 몰아세웠다.

쾅!

사일의 월파를 피하지 않고 상후가 광무십삼도의 칠초식 수혼(搜魂)으로 곧장 맞받아쳤다.

지금까지와는 다르게 폭음이 터지며 두 사람이 동시에 물러섰다.

상대의 공격이 만만치 않음을 느끼고 내력을 집중함으로

써 생긴 결과였다.

상후는 뒤로 물러나 일 장 앞에 선 청무자를 향해 입을 열었다.

"많이 늘었다만 그거 가지고는 안 된다. 왜 나왔냐, 그 실력으로? 죽을 걸 뻔히 알면서."

"네 도법에 광풍무가 있다고 들었다. 그게 가장 강하다면서? 그걸 꺼내라."

"왜, 빨리 죽고 싶어?"

"오랜만에 나온 기념으로 놀아봤을 뿐이다. 하지만 여흥은 여기까지. 이제 승부를 보자."

"흐흥, 여전히 웃긴 놈일세. 똥개 주제에 어디서 승부 타령을 해? 목이나 늘어뜨려라. 단숨에 목을 쳐주마."

"약속하지. 그 입, 반드시 내가 찢는다!"

청무자가 검을 앞으로 들어 진격세를 만들어내자 슬그머니 검첨을 타고 빛 무리가 생성되기 시작했다.

오색찬란한 검기가 분명했다.

그것을 본 상후의 눈썹이 위로 올라갔다.

검기를 꺼내 들었다는 것은 진짜 승부를 보겠다는 뜻이다.

절정에 들어선 고수도 이런 집단전 속에서는 검기를 가급적 꺼내지 않는 게 상식이다.

검기를 시전하게 되면 내력의 소모가 심해지기 때문에 의외의 상황이 벌어졌을 때 대처가 어려워지는 경우가 생긴다.

하지만 상후는 칼을 들어 올려 내력을 집중했다.

상대가 검기를 꺼낸 이상 도기를 숨길 수는 없는 노릇이다.

분명 예전에 본 그 청무자가 아니다.

오색찬란한 검기를 꺼내 들 정도면 내력 면에서 자신과 별반 차이가 없다는 뜻이었다. 엄청난 노력이 수반된 수련을 하지 않고서는 불가능한 일이다.

그럼에도 마음속으로 여유를 갖는 것은 광무십삼도를 믿기 때문이다.

청무자의 말처럼 광풍무는 점창의 어떤 초식도 일거에 박살 낼 수 있는 위력을 가지고 있었다.

오래 끌면 안 되는 승부다.

주변을 힐긋 바라보니 여전히 전투는 팽팽하게 진행되고 있었다.

아니, 오히려 삼대가 공격을 맡은 쪽에서는 점창의 연환오행진에 밀려 비룡단 무인들의 피해가 발생하는 중이었다.

최단 시간 내에 청무자를 격살하고 나머지를 처리해야 피해를 최소화할 수 있는 상황이었다.

칼을 치켜세우고 후삼식의 기수식을 잡았다.

광풍무가 불면 청무자의 검은 단숨에 꺾을 수 있다.

호흡을 가다듬고 천천히 좌로 신형을 이동시키며 적의 흐름을 살폈다.

그때,

공격하기 위해 몸을 날리려는 순간, 청무자의 검이 산형을 만들며 정확한 형태에서 벗어나고 있는 것이 보였다.

자신도 모르게 신형이 스르륵 멈춰졌다.

번개처럼 머리를 스치는 섬뜩한 내용.

점창에 밀검(密劍)이 있을지 모른다는 사실.

은마수에 의하면 죽은 점창장로가 처음 보는 검법을 펼쳤는데 그 위력이 상상을 초월할 정도라고 했다.

그는 그것을 밀검이라 부르며 정확한 조사가 이루어져야 한다고 거품을 문 적이 있지만 마침 당문과의 마찰로 인해 흐지부지됐다.

고수의 몸에 흐르는 특별한 감각이 전신을 훑으며 최고조의 긴장감을 만들어냈다.

상후는 혀를 내밀어 입술을 축였다.

지그시 자신을 쳐다보는 청무자의 시선은 완벽하게 가라앉아 있었다.

저 시선은 패배를 생각하지 않는 자의 것이다.

저런 눈을 본 적이 있다.

자신이 주군으로 모시는 전왕이 싸움에 나설 때마다 적을 향해 보여준 시선이 저랬다.

혀로 축인 입술이 촉촉해졌다가 금방 다시 갈라졌다.

청무자의 검에서 발생한 검기의 산란은 마치 뱀의 혓바닥처럼 징그럽게 꿈틀거리고 있었다.

참으로 오랜 세월을 건너 여기에 왔다.

점창의 진정한 참검이 시공을 건너뛰어 무림에 선보여지는 순간이었다.

새삼 가슴이 뛴다.

청무자는 검첨에서 뻗어 나와 산란하는 검기의 흐름을 관조하면서 적을 응시했다.

상후 역시 고수. 자신의 검이 변했다는 걸 눈치채고 어느새 일 장이나 뒤로 물러서 있다. 기습적으로 분광을 펼쳐 단숨에 격살할 수도 있었으나 청무자는 그러지 않았다.

정정당당하게 사문의 비기를 내보이고 싶었고, 강력한 도법이라고 알려진 광무십삼도의 최후 비기 광풍무를 맞상대하고 싶었기 때문이다.

검을 들어 상후의 눈을 겨냥했다.

이제 곧 공격을 하겠다는 신호를 보내자 지금까지와는 다르게 상후의 도(刀)가 하늘로 솟구치는 것이 보였다.

광풍무의 기수식이 틀림없었다.

패도적인 도법이라 알려진 광무십삼도 중 가장 막강한 위력을 가진 초식.

상후는 선공의 묘를 살리려는 듯 삼 장을 순식간에 단축하며 칼을 치켜 올렸다.

천단세에서 도끼로 내려 패듯 일직선으로 칼을 내리찍자 강력한 도기가 청무자의 머리 위로 떨어져 내렸다.

섬뜩한 감각.

소리는 없고 오직 거대한 빛 무리만 뭉치가 되어 내려오는 모습은 마치 번개가 치는 것과 같은 형상이었다.

금방이라도 신형이 두 쪽으로 갈라질 것만 같은 위기.

그러나 청무자는 자신의 머리 위로 떨어지는 빛줄기를 향해 연속으로 칠검을 쏘아내며 회전했다.

쾅, 쾅, 쾅!

연속되는 충돌음.

충돌이 계속될수록 상후가 펼쳐낸 거대한 도기가 점점 작아지더니 마지막 충돌을 끝으로 소멸되었다.

그러나 그것이 끝이 아니었다.

어느새 청무자는 허공으로 몸을 띄우며 십이검을 퍼붓고 있었다.

상후는 자신을 향해 부챗살처럼 다가오는 검기를 피하지 않고 칼춤을 추기 시작했다.

진정한 광풍무의 시전.

그의 춤에 맞춰 바람이 춤을 추고 노래했다.

부드러운 노래와 춤이 아니라 말 그대로 미친 노래와 미친 바람이었다.

누구도 견딜 수 없는 도풍이 공간을 장악한 채 청무자의 검을 향해 쉴 새 없이 밀려들었다.

칼바람에 가려 모습이 보이지 않았을 만큼 상후의 광풍무는 압도적인 힘을 가졌다.

거의 일각이 지날 동안 광풍무의 묘한 힘은 청무자의 반격을 허락지 않고 일방적으로 몰아쳤다.

검기의 물결 분파가 발생한 것은 광풍무에 의해 공간이 응축해지기 시작했을 때다.

공간이 응축된다는 것은 광풍무의 위력이 정점을 향해 치닫는 것을 의미했는데, 분파의 생성은 정점 직전에 발생되었다.

처음에는 하나씩 나타나던 검기의 물결이 공간을 장악한 광풍무를 향해 끊임없이 솟구치기 시작했다.

반으로 가르고 또 반으로 가르더니 계속해서 가르고 또 갈랐다.

청무자의 검에서 발생한 검기의 물결은 도도한 흐름을 타고 미친바람을 자르며 지나갔다.

그리고 마침내 회오리의 중심을 때리자 공간의 응축이 한꺼번에 터지며 상후가 뒤로 튕겨 나갔다.

그의 몸에는 세 군데의 검상이 생겨 피가 쏟아져 나오고 있었다.

팔다리가 떨어져 나가지 않았을 뿐 거의 반이나 잘려, 서 있는 것이 이상할 지경이다.

"으, 이런 개 같은!"

칼을 땅에 짚고 선 상후의 얼굴은 악귀처럼 변했다.

자신의 몸에서 흘러나온 피를 보며 그는 이를 악물고 칼을 치켜세웠는데, 고통에 겨워 움직임이 원활치 못하자 몸부림을 쳤다.

그럼에도 그는 자신을 대신해 전장으로 나서려는 혈룡들을 향해 으르렁거리며 고함을 질렀다.

"멈춰라! 이 싸움은 내 것이다!"

한쪽 다리를 다쳐서 온전히 걷기가 힘들었으나 상후는 허리를 곧추세우고 청무자의 앞에 간신히 다시 섰다.

"아직 한 초식이 남았다."

"그래서 그 정도만 한 거야. 그것도 마저 보려고."

"흐흐, 은마수가 점창에 밀검이 있다고 하더니 그것인 모양이구나. 그 검의 정체가 뭐냐?"

"사일검!"

"개소리! 사일검에는 그런 검법이 없다!"

"마음대로 생각해."

"좋다, 그게 뭐든 무슨 상관일까. 이제 끝내자. 오랜만에 다쳤더니 너무 아프다."

왼팔에서 흐르는 피가 거추장스러운지 옷을 찢어 대충 싸맨 상후가 칼을 치켜세웠다.

사람은 사지에 문제가 생기면 저절로 표정이 일그러지게 된다.

고통이란 것은 사람의 육신을 원활치 못하게 만드는 원인이기 때문이다.

그럼에도 상후는 얼굴에서 고통을 지워내고 냉막한 표정으로 청무자를 노려보며 마지막 승부를 위해 한 발 뒤로 물러섰다.

마지막 충돌은 오히려 이전보다 훨씬 간단하게 끝이 났다.

상후는 내력을 모두 짜내어 광풍무의 마지막 초식을 펼쳐냈으나 청무자의 일검에 의해 단숨에 파훼되어 버렸다.

육신이 원활하지 못한 상태에서 펼친 광풍무는 광풍무가 아니었다.

청무자는 상후가 쓰러지자마자 곧바로 남은 혈룡들을 제압했다.

혈룡들은 즉각 반격을 해왔으나 절정에 오른 분광은 그들의 반격을 허락지 않았다.

불과 십여 초 만에 셋을 죽이고 넷을 무력화시킨 청무자는 역검을 한 채 시선을 돌려 전장을 확인했다.

이미 싸움은 점창의 승리로 끝나 있었다.

운학은 옆구리와 어깨 등에서 피를 흘리는 중이고 운풍은 허리를 짚은 채 고통스러운 표정으로 서 있다.

그들의 앞에는 쌍로와 금륜오군의 시신이 널브러진 채 뒹굴고 있었다.

그리고 그 뒤에 펼쳐진 무수한 시신.

점창 무인들의 것도 보였지만 대부분 비룡단원의 것이었다.

살아남은 이십여 명의 비룡단원은 검을 버린 채 허망하게 서 있었는데, 이 상황이 믿기지 않는 얼굴이었다.

칼에 의지해서 간신히 무릎을 세운 상후는 남아 있는 비룡단원들을 확인하고 피 묻은 얼굴로 미친 듯이 웃었다.

"크하하!"

허탈을 넘어선 자조.

그의 웃음소리는 높고 길었으나 슬픔이 담겨 있지는 않았다.

"청무자, 나를 죽여라!"

"죽이지 않는다고 말했을 텐데?"

"무인의 명예를 더럽히지 마라."

"명예라……."

청무자의 검이 번쩍이며 움직였다.

어느새 상후는 입을 가린 채 고개를 숙이고 있었는데 가려진 손가락 사이로 피가 새어 나오고 있었다.

"이 새끼야, 명예는 아무나 떠드는 단어가 아니야. 너같이 다른 사람을 짓밟고 산 놈들은 자격이 없단 말이다. 이 정도에서 보내줄 테니 나머지 놈들 데리고 돌아가라. 그리고 똑똑히 구경해. 네가 그토록 무시했던 미친개가 어떻게 칠절문을 때려잡는지."

3장

진격, 풍운대

풍운대는 사천의 남부를 횡단하며 기습전을 벌이기 시작했다.

덕창(德昌), 목리(木里), 고현(高縣)의 칠절문 지부들을 단숨에 격파하고 의빈(宜賓)을 향해 움직였는데 그 시간이 불과 하루밖에 지나지 않았다.

전광석화.

풍운대의 움직임은 진정 빠르고 강해 적들의 반격을 허락하지 않았다.

소규모의 지부에 불과했지만 한 곳을 격파하는 데 걸린 시간이 불과 일각도 안 될 만큼 풍운대의 이동 속도는 그야말로 무지막지했다.

그들은 행적을 공공연히 노출시킨 채 전진했다.

목적은 두 가지.

무정현에 있는 비룡단을 지원하려 칠절문의 주력이 운남으로 움직이는 것을 견제하고, 주 전장을 사천에 형성시키기 위함이었다.

"사형, 의빈에 있는 천룡대는 놈들의 주력입니다."

"안다."

"하루를 꼬박 움직였으니 놈들도 우리를 주시하고 있을 텐데 괜찮을까요?"

"아무리 빨라도 놈들의 지원군은 우리가 갈 때까지 오지 못한다. 의빈까지는 괜찮을 거야. 속전속결, 단숨에 끝내고 우린 영홍으로 이동한다."

"점점 깊숙이 들어가는군요. 갈수록 위험해질 겁니다."

"할 수 없지."

"어디까지 가실 생각입니까?"

"인수(仁壽)."

"사형, 인수는 안 됩니다. 영홍도 위험한데 인수라니요. 칠절문의 본단과 불과 반 시진 거리밖에 되지 않습니다. 자칫 잘못하면 우리 모두 목숨을 내놓아야 합니다."

"그래서 가는 것이다. 인수를 치지 않으면 칠절문의 주 전력이 운남으로 가게 된다. 그건 점창이 원하는 바가 아니야."

"음."

운검의 입에서 깊은 신음이 새어 나왔다.

영흥은 사천과 운남을 잇는 직선로에서 우측으로 삼십 리 벗어나 있는 곳이다.

거기에 인수는 영흥으로부터 우측으로 오십 리를 더 가야 도착할 수 있으니 칠절문이 풍운대를 잡기 위해서는 운남과 역방향으로 움직여야 했다.

다시 말해 운곡은 풍운대를 미끼로 칠절문의 주력을 인수 로 끌어들이려는 생각이었다.

사문이 처한 처지를 생각한다면 반대해선 안 되는 일이었 으나 풍운대가 위험해진다.

더군다나 영인과 학경에 있는 칠절문의 지부 병력이 사라 졌다는 정보를 입수했기 때문에 더욱 걱정이 컸다.

그들이 자신의 퇴로를 차단해 버리면 정말 움치고 뛸 수조 차 없게 되기 때문이다.

운검이 말문을 닫아버리자 대신 나선 것은 운몽이었다.

운몽은 까칠한 성격인 반면 두뇌 회전이 무척이나 빠르다.

그랬기에 풍운대의 행사는 대부분 그의 머리에서 나오고 있었다.

"대사형, 무엇보다 우리에게는 무정현의 정보가 필요합니 다. 지금까지 너무 빠른 속도로 움직이느라 정보를 받지 못했 습니다. 잠시 멈추고 정보부터 확인해야 됩니다."

"왜 그렇지?"

"그럴 일은 없겠지만 만약 무정현의 싸움이 끝나지 않았다면 학경에 진출한 청문 사숙께서 사천으로 들어오시지 못하게 됩니다. 무정현에 전력이 남아 있게 되면 우리가 인수를 쳐도 칠절문은 지원군을 보낼 테니 청문 사숙께서 그들을 막아야 합니다."

사천으로 들어오기 직전 쌍로와 오군이 무정현으로 들어갔다는 정보를 입수했기 때문에 운몽의 말을 들은 운곡의 표정이 슬며시 어두워졌다.

청무 사숙을 믿었으나 그들이 합류한 비룡단의 전력이 만만치 않았기 때문이다.

그 역시 무정현 싸움의 결과가 미치도록 궁금했고, 그 여파에 따라 많은 변수가 발생한다는 것을 알고 있다.

"그래서?"

"그 말은 우리가 고립된다는 뜻입니다. 그런 상태로 변하면 인수는 사지(死地)가 됩니다."

"청명 사숙이 들어오시지 않느냐."

"청명 사숙도 영인에서 움직이지 못하실 겁니다. 칠절문 본단을 견제하는 것만으로도 버거운 일이 됩니다. 그런 상황이 오는 순간 우리는 영인으로 후퇴해서 청명 사숙과 합류해야 됩니다. 그대로 있는 순간 각개격파 당하게 됩니다."

"무슨 말인지 알겠다. 마음이 급하다 보니 챙겨야 할 것들도 놓치는구나. 우리는 여기서 잠시 멈추고 정보부터 얻는다.
운천!'

"예, 대사형."

"네가 운극과 함께 흥문(興文)으로 가서 정보를 확인하고
돌아오라."

"그러겠습니다."

"최대한 서둘러서 움직이도록. 우리는 너희가 올 때까지
여기서 기다리겠다."

기화요초가 피어 있는 정원.

꽃들과 나무들이 아름답게 배치되어 있고, 곳곳에 세워진
수석이 정취를 더했다. 가운데 파인 조그만 연못에는 잉어들
이 한가롭게 노닐고 있다.

정원의 기품을 더욱 높여주고 있는 것은 한쪽 편에 마련되
어 있는 정자다.

정자는 바위와 바위를 연결해 교묘하게 지어졌는데 얼마
나 정교한지 이음매가 보이지 않을 정도였다.

정면에 적힌 송정이란 현판은 크지도 작지도 않았지만 한
번 보면 잊히지 않을 만큼 힘이 가득 차 있었다.

그리고 정원에 앉아 있는 세 노인.

가운데 놓인 술상에는 그윽한 향기가 뿜어져 나오는 술병
이 자리하고 있었는데 그 향기가 예사롭지 않았다.

"형님, 한 병 더 내오시죠?"

"기둥뿌리를 뽑는구먼."

"여아홍을 어디서 맛보겠습니까. 더군다나 형수님이 직접 만드신 여아홍은 일품 중에 일품 아닙니까. 송정에서나 마실 수 있으니 오늘 기둥뿌리 좀 뽑아야겠습니다. 막내도 한 달 만에 돌아왔는데 인심 좀 쓰시지요."

"허허, 그 사람. 알았네."

가운데 앉은 노인이 한껏 고무된 웃음으로 한쪽에 서 있는 시녀에게 술상을 다시 보라고 지시했다.

그는 아름다운 턱수염을 가지고 온통 하얀 백미를 지녀 마치 신선처럼 보였다.

송정과 백미의 노인.

만독불침이라 알려져 있고 삼양신장(三陽神掌), 금룡편법(金龍鞭法), 추혼비접(追魂飛蝶)을 대성하여 무림 십이왕 중 당당히 이름을 올린 절대무인.

당문의 당대 가주, 독왕 당청이 바로 그다.

그리고 그의 앞에 앉은 사람들은 친동생인 당황과 당추였다.

무림에서는 그들을 합쳐 당문삼무라 불렀는데, 당문을 대표하는 세 명의 고수라는 뜻이었다.

둘째인 당황은 내원을 책임지고 있었으나 셋째인 당추는 외원을 맡았기 때문에 본가로 돌아오는 것은 한 달에 한 번 꼴이다.

형제들은 술상이 다시 차려지자 빠르게 잔을 비워 나갔다.

오랜만에 만나서 그런지 그들의 얼굴에는 웃음꽃이 가득했다.

"가주님, 이번에 재미난 일이 생겼습니다."

"내원당주가 재미난 일이라고 스스로 말하다니 새삼 궁금해지는구먼. 회합날보다 오 일이나 빨리 온 게 그것 때문인가?"

당황이 단숨에 술을 마시고 은근한 어투로 말을 꺼내자 당청의 눈빛이 달라졌다.

동생들이 예정일보다 빨리 와서 이상했는데 당황의 한마디에 뭔가 있음을 금방 눈치챈 것이다.

내원당주는 당문의 영역 안에서 활동하는 모든 상업 시설을 관리하고 거대한 살림살이를 꾸려 나가는 중책을 맡고 있다. 직, 방계의 대소사를 모두 챙기고 인사까지 책임지기 때문에 실질적인 당문의 이인자는 그라고 보면 된다.

그가 관장하는 업무 중 가장 중요한 것은 정보의 총괄이었다.

사천을 비롯해 강호 전반에서 일어나는 일을 수집하고 분석하는데 당문의 정보망은 타의 추종을 불허할 정도로 정확하다고 알려져 있었다.

"점창이 드디어 어제 산에서 내려왔습니다."

"점창이?"

"그냥 내려온 게 아니라 어제 저녁에 무정현에 진출한 비룡단을 박살 냈습니다."

"정말인가? 도절 상후도 가 있었다면서. 그자는 뭐하고?"

"상후는 반병신이 되었다고 합니다."

"자네 말대로 정말 재밌는 일이 벌어졌구먼. 그런데 누가 한 거지?"

"청무자가 했답니다."

"그럴 리가요. 청문자가 아니고요?"

반문은 당추에게서 나왔다.

그는 당문의 전투 부대를 담당하고 있기 때문에 지척에 있는 점창의 고수들에 대해서는 남 못지않은 정보를 가지고 있었다.

"점창의 주력은 영인과 학경에 가 있다."

"거긴 왜요?"

"차단과 소멸 작전이겠군."

"그렇습니다. 칠절문의 지부를 격파하고 무정현의 싸움이 끝나는 대로 사천으로 진입하겠다는 계획으로 보입니다."

당추의 질문에 당가주인 당청이 대신 대답하자 말을 하던 당황이 함박웃음을 지었다.

얘기가 통한다는 것은 꽤나 즐거운 일이기 때문이다.

"사천을 전장으로 하겠다?"

"선공의 묘를 살려서 칠절문의 본거지인 사천에서 싸우겠다는 뜻입니다. 운남의 피해를 최소화하겠다는 것이지요."

"불리할 텐데?"

"그만큼 자신이 있다는 뜻도 됩니다."

"껄껄껄, 전왕의 코 평수가 한참 넓어졌겠구나."

"더 재밌는 것은 점창의 일부가 사천을 휘젓고 있다는 것입니다."

"벌써? 어제 내려왔다며?"

"사천을 비우지 못하도록 하겠다는 전략입니다. 더군다나 사천으로 온 자들의 무력이 대단합니다. 벌써 칠절문의 세 개 지부를 박살 냈으니까요. 그자들은 공공연히 의빈으로 가고 있습니다. 따라올 테면 따라오라는 거지요."

"천수의 대응이 궁금하구나."

"사천지낭이라는 천숩니다. 서전은 점창이 선공의 묘를 살려 유리하게 진행할지 모르나 사천에서 전장이 형성되면 고전을 면치 못할 것입니다. 벌써 천수는 영인과 학경에 있는 지부 병력을 후퇴시켰습니다."

"그럼 본론으로 들어가지. 자네의 생각은?"

"기다려야죠. 싸움 구경만큼 재미있는 게 어디 있겠습니까?"

"이 사람이……."

당황이 모르는 체 딴소리를 하자 당가주가 백미를 찌푸렸다.

상황이 장난을 넘어섰기 때문이다.

"칠절문은 우리에게 턱 밑을 겨눈 비수와 같았습니다. 당장 나타난 점창의 전력으로 봤을 때 칠절문이 이기더라도 꽤 큰 타격을 받게 될 것 같습니다. 누가 이기든 마지막에 깨끗이 정리하면 사천은 온전히 당문의 소유가 됩니다."

"오래 살다 보니 자다가도 떡이 떨어지는군."

"당문의 번영이 시작되는 일이기도 하지요."

"고생했다. 자네 눈이 왜 그런가 했더니 밤새 잠 한숨 못 잔 모양이구먼."

"잠깐 눈은 붙였습니다."

"이왕 차려진 밥상, 맛있게 먹자고. 철저하게 준비해 놔. 단숨에 끝낼 수 있도록."

"알겠습니다."

대답하는 당황의 얼굴에 만족스러움이 가득 찼다.

막내인 외원당주 당추를 불러들여 가주를 일부러 찾아온 것은 이런 결과를 내기 위해서였다.

점창과 칠절문의 사천 전투는 무림의 세력 판도를 변화시키는 계기가 될 것임이 분명했다.

먼저 판단하고 먼저 움직인다.

강호의 중심이 되기 위해서는 과감한 결단력으로 한 치의 망설임조차 가지면 안 된다.

대청.

용머리가 좌우로 튀어나온 태사의가 놓여 있고, 그 아래 탁자를 중앙에 둔 채 양옆으로 의자가 이십여 개 배열되어 있는 걸 보니 회의장으로 쓰이는 곳이다.

태사의에 앉은 노인의 풍채는 나이에 어울리지 않을 정도로 당당한 반면, 정면의 의자에 앉은 사십 대 중년인은 가냘픈 체격을 지녔다.

그럼에도 그가 왜소해 보이지 않는 것은 전신에서 풍겨 나오는 기운 때문일 것이다.

앉아 있는 자세만으로도 그 사람의 성향을 대충은 알 수 있는데. 거기에 표정까지 가미되면 거의 칠 할 이상은 어떤 사람인지 알 수 있게 된다.

체구와 완벽히 반대되는 당당한 분위기를 지닌 자.

무슨 일이 벌어져도 당황하거나 두려워하지 않을 것 같은 눈을 가진 사람.

칠절문의 지낭, 정무사 천수가 바로 그였다.

하지만 그 당당함도 패도적인 기운을 풍겨내는 노인 앞에서는 움츠러드는 것처럼 보였다.

전왕 혁기명.

칠절문의 문주로서 이십오 년 전 혜성처럼 나타나 사천의 일각을 장악하고 천무삼십팔맥의 하나로 당당히 자리 잡은 무인.

그의 독문 무공 천뢰마검은 무림 일절로 정평이 나 있을 만큼 독보적이었다.

"점창이 미친 모양이로군?"

"밀검이 있다는 게 사실인 것 같습니다."

"작정하고 준비했다는 뜻인데… 참 우습게 되어버렸어. 그까짓 것 가지고 끝장을 보자고 덤비다니. 우리 생각보다 훨씬 강하게 나오는구나. 이거 잘못하면 남 좋은 일만 시키게 생겼다."

"두 가지 방법이 있습니다."

"말해."

"첫째는 적당히 타협해서 사과하는 것이고, 둘째는 끝장을 보는 겁니다."

"그걸 말이라고 해?"

"저를 보내주시면 아주 멋있게 사과하고 오겠습니다."

"아주 염장을 지르는구나."

"하하하!"

"천수, 그러지 않아도 머리 아프다. 어쩔 건지 빨리 말해봐."

"무정현 싸움에서 나타난 것처럼 점창의 힘은 우리의 예상을 벗어나고 있습니다. 끝장을 본다면 볼 수 있겠지만 결국 당문에게 좋은 일만 만들어주게 될 겁니다."

"그래서?"

"놈들이 사천에서의 싸움을 원하고 있습니다. 그래서 놈들의 의도대로 영인과 학경에 있는 지부들을 뒤로 물렸습니다. 원하는 대로 해줄 생각입니다."

"쉽게 말해봐. 이유가 있을 거 아냐?"

"어차피 전장을 운남에 만드는 것은 늦었습니다. 이왕 이렇게 된 거, 확실하게 사천에서 전장을 펼치는 것이 좋습니다."

"천수, 대규모 병력 싸움이 아니다. 어디가 되든 무슨 상관이냐?"

"난전을 만들어야 되기 때문입니다. 우리와 점창의 싸움이 되면 둘 다 결국 당문에게 당합니다."

"내 걱정이 바로 그것이다."

"당문이 움직임을 멈추고 세가의 무인들을 모두 불러들이고 있습니다. 강 건너 불구경하겠다는 심산이지만 그들 뜻대로 되지는 않을 겁니다."

"어째서?"

"당문처럼 전통의 명문세가나 점창 같은 문파들은 우리와 다르게 명분이나 명예에 무척이나 약하지요. 그 명분과 명예가 놈들을 수렁에 빠뜨리게 될 테니까요."

운호가 풍현 중심에서 오 리 정도 벗어난 관제묘로 들어서자 삼십 중반의 사내가 허리를 숙여 인사를 해왔다.

사내는 유현이란 인물로 점창속가에 속한 사람이었는데, 어릴 적 오 년 동안 본산에 올라 수련을 했다고 한다.

속가는 본산처럼 돌림자를 쓰면서 배분을 정하지 않았으나 유현은 명자배와 같이 수련했기 때문에 운호를 사숙이라 부르며 공경을 다했다.

이곳 관제묘는 칠절문과의 전투를 결정하면서 점창이 사천과 운남의 경계지에 만들어놓은 다섯 군데의 정보 집결지 중 하나였다.

특히 풍현은 사천과 운남의 직선로에 위치하고 있어 밀지 중 가장 많은 서른두 명의 속가제자가 정보를 수집해서 가져 왔는데 그 정보를 총괄하고 분석하는 업무를 유현이 주관하고 있었다.

"사숙, 일찍 나오셨습니다."

"궁금해서 객잔에 있을 수가 없었습니다. 혹시 무정현에 대해서 들어온 소식이 있습니까?"

"기뻐하십시오. 어제 저녁 청무 사숙조께서 비룡단을 완벽하게 격파하셨답니다."

밤늦게까지 관제묘를 지켰으나 끝내 소식이 들어오지 않아 잠조차 이루지 못하고 나온 길이다.

그래서 급히 물었는데 유현은 한껏 고무된 모습으로 싸움에서 이겼다는 소식을 전해줬다.

기쁜 소식이 아닐 수 없었다.

워낙 무정현에 있는 적의 전력이 만만치 않아 내심 걱정하고 있었는데 정말 다행스러운 일이었다.

"피해는요?"

"운각 사숙을 비롯해 일곱이 죽고 여덟이 다쳤다고 합니다."

유현이 말을 끝내지 못하고 흐리자 운호의 얼굴에 기쁨으로 떠올랐던 웃음이 사라졌다.

서전을 승리로 장식했다는 소식은 분명 기쁜 일이었으나 열다섯이 다치거나 죽었다고 하니 새삼 가슴이 뻐근하게 아파왔다.

운각 사형의 밝게 웃던 모습이 선하게 떠올라 운호는 금방 입을 열지 못했다.

전쟁을 치르면서 어찌 죽음이 곁에 없으랴.

무정현에는 비룡단주를 비롯해 백여 명의 인원이 상주했고, 거기다 쌍로와 오군까지 지원을 위해 합류한 상태였으니 그런 막강한 전력을 상대로 단 열다섯의 사상자가 발생했다면 분명 대승임이 틀림없었다.

그럼에도 사형의 죽음과 사질들의 죽음은 안타까운 일임에 틀림없었다.

"청무 사숙께서는 어디 계십니까?"

"상락으로 이동 중이십니다."

"상락이라면?"

"그렇습니다. 칠절문의 목을 누르실 생각인 모양입니다."

칠절문은 본문 외에 세 개의 지단과 서른세 개의 지부로 구성되어 있다.

본문은 화성에 있고 지단들이 본문을 호위하듯 삼각 형태로 무주, 상락, 추궁에 배치되어 있었는데 상락은 운남에서 가장 가까운 곳에 위치했다.

청무자가 상락으로 이동한다는 것은 유현의 말대로 칠절문이 숨 쉬기 불편하도록 만들겠다는 의도다.

상락이 조임을 당하면 운남 쪽으로 이동이 어려워지기 때문이다.

다시 말해 운남 쪽으로 이동하기 위해서는 최소 삼십 리를 돌아야 된다는 뜻이었다.

자신들의 안방인 사천에서 목 눌림을 당한다는 것은 칠절문 입장에서는 어떡하든 피하고 싶은 일이 분명하다.

즉, 청무자가 상락을 압박하는 순간 커다란 전투가 펼쳐질 수밖에 없다는 뜻이 되기도 한다.

운호의 표정이 급격하게 변한 것은 그 때문이었다.

대부분의 점창 무인들은 장로회의에서 결정된 이동 경로를 알지 못했다.

그때그때 움직이는 부대의 이동 경로를 확인하면서 그 의미를 되새김질할 뿐이다.

문파와 문파가 부딪치는 전투에서 핵심 전략은 오직 수뇌부만 아는 것이 지극히 당연한 일이기에 풍운대를 비롯해 부대를 이끌며 전투를 책임지는 운자배 무인들까지 이번 싸움에 대한 상세한 전략을 들은 바 없다.

"청문 사숙은 학경에 계십니까?"

"아직 움직이지 않으셨답니다. 칠절문 지부들의 움직임이 파악되지 않아서……."

"운상이한테서는 소식이 없었지요?"

"예, 아직."

"아무래도 운상이는 조인에서 무주 쪽으로 이동한 것 같습니다."

"어떻게 그걸?"

"쌍로와 오절이 급히 남하해 무정현에 들어간 것은 칠절문이 우리의 움직임을 낱낱이 파악하고 있다는 뜻입니다. 무정현의 싸움이 결판났으니 분명 영인과 학경에 있던 칠절문의 지부들은 사천으로 후퇴했을 겁니다."

운호의 말을 주의 깊게 듣던 유현이 크게 머리를 끄덕였다.

무정현의 병력이 전멸했다는 것은 칠절문의 운남 교두보가 망실되었다는 것을 의미한다.

더군다나 청명과 청문자의 병력이 접경지대에서 대기하고 있는 상태이기 때문에 칠절문 지부 병력의 후퇴는 충분히 가능성 있는 이야기였다.

"그렇다면 우리 부대는?"

"아마 지금 이 시간 이동을 시작했거나 이동하고 있겠지요. 조금 있으면 소식이 들어올 테니 준비하시는 게 좋을 것 같습니다."

"그러겠습니다. 사실이 확인되면 다음 밀지인 기축으로 이동할 수 있도록 만반의 준비를 해놓겠습니다."

유현은 대답을 하면서도 서두르지 않았다.

그만큼 침착하다는 뜻이다.

웬만한 사람 같았으면 마음이 급해져 자연스러운 부산함이 생겼을 텐데 그는 차분함을 유지했다.

그 차분함이 운호의 마음을 편안하게 만들었다.

"저는 따로 갈 데가 있으니 사질과는 여기서 헤어져야겠습니다."

운호가 조용하게 말을 꺼냈다.

어차피 여기에서 더 이상 자신이 할 일은 없었다.

자신을 풍현에 남긴 것은 풍운대와 본대의 연락을 맡으라는 이유였으나 그것을 곧이곧대로 믿지는 않았다.

진짜 이유는 자신의 안전 때문이다.

얼마나 부끄러운 이유인가.

사문의 전 무인이 목숨을 걸고 싸우는 중인데 자신은 안전 때문에 후방에 앉아 눈만 끔벅거리고 있다는 사실이 못 견디게 괴로웠다.

자신이 없어도 밀지는 원활하게 돌아가고 있으니 이제 사형들을 찾아 떠날 생각이다.

같이 있던 운상마저 풍운대에 합류했음이 분명한 이상 자신도 그들과 함께하고 싶었다.

죽는다는 것은 무인이 되면서 한 번도 두려워하지 않았다.

그렇게 자신이 못 미더웠으면 산에 남겨놓을 일이지, 뭐하러 하산을 시켰단 말인가.

하산한 이상 죽음을 곁에 두고 싸우고 싶었다.

"그건 안 됩니다. 사숙께서는 저희와 함께 계셔야 합니다. 운상 사숙께서는 저에게 반드시 사숙과 함께 있으라 명을 내리고 떠나셨습니다."

유현의 반대는 생각보다 훨씬 강했다.

운상이 떠나면서 유현에게 운호의 신변을 간곡히 부탁했기 때문이다.

운호가 내력이 없다는 말을 들었을 때 운상의 걱정이 이해가 되었다.

그리고 만난 지 얼마 되지 않았으나 착하고 예의 바른 사숙이 죽기를 바라지도 않았기에 떠나겠다는 운호의 말에 강하게 거부했다.

그러나 운호의 결심은 단호했다.

"저도 들었습니다. 하지만 상황이 변했으니 사형들을 찾으러 갈까 합니다."

"사숙!"

"걱정하지 않아도 됩니다. 운상이 사질께 과도한 부담을 준 모양입니다. 제 몸은 스스로 돌볼 수 있으니 걱정하지 마세요."

"그럴 수는 없습니다. 만약에 사숙께 무슨 일이라도 생긴다면 저는 고개를 들고 살 수가 없습니다."

"어차피 사질과 저는 해야 할 일이 다릅니다. 저는 운상이 걱정한 만큼 약한 사람이 아닙니다. 말로 해서는 못 믿으실 것 같으니 직접 눈으로 보여드리겠습니다."

워낙 강경한 반대에 운호가 천천히 검을 빼 들고 관제묘의 중간에 섰다.

그런 후 유운검법의 전삼식을 거침없이 펼치기 시작했다.

빠르고 강하다.

더군다나 내력까지 가미된 검에서는 희미한 검기까지 뿜어 나오고 있었는데 얼마나 강력했는지 관제묘가 온통 들썩거릴 지경이다.

운호는 유현을 설득시키기 위해 자신이 가동할 수 있는 내력을 모두 끌어 올렸는데 고통이 슬며시 피어오르는 것도 무시하며 전력을 다했다.

유현은 기가 막혀 입을 벌린 채 한동안 꼼짝도 하지 못했다.

지금까지 유운검법을 저토록 완벽하게 펼치는 사람은 본 적이 없고 시퍼렇게 서슬이 맺힌 검을 대하자 오한이 들어 저절로 말문이 막혔다.

운상에게 내력이 없다는 말을 들었을 때 불쌍함과 동시에 연민을 느꼈다.

나이 어린 사숙.

더군다나 자신의 몸조차 지키지 못할 만큼 약한 무력을 지닌 사숙에게 자신을 해줄 수 있는 것은 최소한의 예의를 지켜

불편함을 느끼지 않도록 해주는 것이었다.

그런데 이렇다.

이런 무력을 가진 사람에게 그동안 연민을 느껴왔다니 정말 기가 막힐 노릇이다.

"…대단한 유운이었습니다."

"이제 막지 않으시겠지요?"

"저 같은 사람은 열이 와도 사숙의 검을 막지 못할 것 같습니다. 그런 제가 보호를 하겠다고 설쳤으니 정말 부끄러울 뿐입니다."

"아닙니다. 저는 사질이 보여주신 호의가 진심으로 고맙습니다. 앞으로의 길이 더욱 험하고 힘들 테니 조심, 또 조심해서 나중에 무사히 만날 수 있기를 진심으로 바랍니다."

"그리 생각해 주시니 몸 둘 바를 모르겠습니다. 하면, 언제 떠나실 생각이신지요?"

"객잔으로 돌아가 정리하는 대로 떠날 생각입니다."

"어디로 가시는지?"

"만약 사숙들이나 운자배 사형들이 물어오면 의빈으로 갔다고 하십시오."

"알겠습니다. 그리 전하겠습니다."

유현이 말을 받자 운호가 먼저 정중하게 허리를 접어 인사를 했다.

비록 항렬에서는 위였지만 유현은 그보다 한참이나 나이

가 많은 사람이기에 예의를 잊지 않았다.

하지만 유현의 허리는 그보다 한참이나 아래로 숙여졌다.

나이가 적은 사숙이 먼저 허리를 접자 유현은 최대한의 공경으로 마주 인사를 했다.

이전에는 형식적인 예의가 반쯤 섞여 있었으나 지금은 진심이 가득 차 있다.

무인의 진정한 존경은 무력에서 나온다.

비록 그것이 동문 사이라 해도 무림의 세계에서는 변할 수 없는 철칙이다.

그랬기에 유현은 떠나는 운호를 존경에 가득 찬 눈으로 지켜보았다.

운호는 곧장 객잔으로 돌아와 여장을 꾸렸다.

풀어놓은 짐이 별로 없으니 싸는 것도 시간이 걸리지 않았다.

산에서 내려온 풍운대와 운호는 모두 검은색 무복으로 갈아입은 상태였다. 기습을 목적으로 했기 때문에 도복을 입은 채 행보할 수는 없었다.

흑색 무복으로 갈아입은 운호의 모습은 쉽게 찾아보기 어려울 정도의 미남자로 변해 있었다. 옷이 날개라는 사실은 정말 틀림없는 명언이다.

방에서 나와 아래층으로 내려오자 그사이에 많은 손님이 들어차 있었다.

워낙 바쁘게 움직였기 때문인지 점심때가 된 것조차 알지 못했는데 객잔에 들어찬 사람들을 보자 그때서야 배가 하소연을 해왔다.

의빈까지는 직선로로 이백 리. 지금 배를 채우지 않으면 자칫 저녁까지 요기를 하지 못할 가능성이 컸다. 운호는 바쁜 마음을 뒤로하고 객잔을 둘러보았다.

그러나 빈자리가 남아 있지 않아 한쪽에 서서 자리가 나기를 기다려야 했다.

객잔에는 삼십여 명의 사람이 삼삼오오 모여 식사를 하고 있었는데 대부분 얼굴에 웃음이 매달려 있었다.

전쟁과 상관없는 사람들.

점창과 칠절문의 싸움이 그들에게 영향을 미치지 않는 한 평온한 삶을 계속해서 영위해 나갈 것이다.

천천히 사람들을 관찰하며 움직이던 운호의 눈이 멈춘 곳은 전방에서 좌측으로 삼 푼 정도 비켜난 곳의 탁자였다.

그러나 시선은 오래 머물지 못하고 금방 돌려졌다.

활짝 웃는 여인. 건너편 탁자에 앉아 있는 여인이 눈이 마주치자 봄꽃처럼 활짝 웃었기 때문이다.

"저 사람 어때?"
"누구? 저기 검은 옷 입은 사람?"
"응."

"이야, 정말 잘생겼다."

"그렇지?"

"어라? 옆에 검도 있잖아. 무인인가 봐."

당운영의 질문에 그녀의 친구인 황보혜가 연신 감탄의 표정을 지었다.

그녀는 운호처럼 잘생긴 사내를 본 적이 없기 때문에 시선을 떼지 못하고 머리에서 발끝까지 세밀하게 살피기 시작했다.

그런 황보혜의 행동을 말린 것은 먼저 운을 뗀 당운영이었다.

"저 사람 고개도 못 들잖아. 그만 봐."

"킥킥, 무척 순진한 사람인 모양이야."

"그만하라니까!"

"알았다, 알았어. 억울하지만 내가 양보한다."

"뭘?"

"저 사람, 네가 먼저 발견했으니까 너한테 기득권을 줄게."

"참나, 별소리를."

"싫어? 그럼 내가 해?"

"내가 언제 싫다고 했어?"

"어라, 얘 봐. 정말 마음에 있는 모양이네?"

당운영의 대답에 황보혜가 눈을 가늘게 뜨고 사시로 째려봤다.

설마 하는 마음으로 돌을 던졌더니 펄쩍 뛰어오른다.

당운영.

사천의 반을 주름잡고 있는, 당문의 실세 중 실세인 내원당주 당황의 셋째 딸이 그녀의 신분이다.

막강한 배경에 사천에서 소문이 날 정도로 아름다운 얼굴을 지녀 당가오미(唐家五美)에 꼽히는 여인이었다.

그녀와 황보혜는 부친들이 각별한 친우 관계였다. 어릴 때부터 친했기에 당운영에 대해 누구보다 잘 아는 황보혜였다.

당운영은 착한 마음을 가졌고 성격도 활달해 모든 사람이 좋아했으나 지금까지 남자를 사귀어본 적은 없다.

그랬기에 황보혜는 얼굴마저 붉히는 당운영을 새삼 다시 볼 수밖에 없었다.

처음 본 남자에게 이 정도로 관심을 가진다는 것은 정말 이례적인 일이었다.

하지만 관심이 가는 건 그녀도 마찬가지였다.

그만큼 운호는 쉽게 찾아보기 어려운 미남자였다.

"운영아, 넌 오늘 비상이 걸려서 당가타로 돌아가야 된다며? 웬만하면 나한테 넘기는 게 어때? 난 시간도 많다?"

"웃기지 마."

"지금까지 남자는 쳐다보지도 않더니 왜 그래?"

"호호, 마음에 드는 사내가 없었으니까 그랬지. 그런데 저 사람은 정말 마음에 든다. 기다려 봐."

황보혜의 질책에 활짝 웃은 당운영이 자리에서 일어났다.

그리고 사람들 틈을 지나 여인의 향기를 뿜으며 한 걸음,

한 걸음 운호를 향해 움직였다.

운호의 얼굴에서 시선을 떼지 않은 채.

그녀는 그렇게 다가가 부드러운 미소를 띠고 말을 건넸다.

"합석하실래요?"

운호는 그녀가 자신을 향해 다가오고 있다는 것을 직감으로 알 수 있었다.

피하지 않는 시선.

자신만을 바라보며 일직선으로 다가오는 여인의 모습이 마치 꿈결처럼 느껴졌다.

눈을 마주치자 활짝 웃어주던 여인.

그리고는 다가와 대뜸 호의를 베푼다.

운호는 당운영의 갑작스러운 제의에 처음엔 당황했으나 곧 평정을 되찾고 고마움을 표했다.

한시가 급한 지금, 최대한 빠른 시간 내에 식사를 하고 길을 떠나야 했기 때문에 그녀의 호의를 고맙게 받아들였다.

당운영을 따라 자리로 가자 황보혜가 일어서서 반갑게 맞아주었다.

"어서 오세요. 전 황보혜라고 해요. 반가워요."

"이렇듯 사정을 봐주시니 고맙습니다. 얼른 식사하고 일어나도록 하겠습니다."

"그러실 필요 없어요. 우린 괜찮으니까 천천히 하셔도 돼요."

"그럼 신세를 지겠습니다."

부드럽게 말을 받은 운호는 점소이를 불러 만두와 소면을 시킨 후 물을 한 모금 입에 물었다.

자리에는 앉았으나 막상 할 말이 없다.

대부분의 세월을 산에서 보냈으니 왜 두 여인이 자신에게 호의를 보였는지 알 수가 없어 연신 물만 마실 뿐이다.

두 여인은 무슨 재미난 일이 있는지 운호를 힐끔힐끔 쳐다보며 웃느라 정신이 없었다.

그러다가 황보혜가 생각난 듯 갑자기 입을 열었다.

"소협께서는 여기 사시나요?"

"아닙니다. 볼일이 있어 사천으로 들어가는 길입니다."

"검을 가지고 다니는 걸 보니 무인이시군요. 사문이 어찌 되세요?"

"그건……."

"아, 말하기 곤란하면 밝히지 않으셔도 돼요. 제가 괜한 질문을 한 모양이네요."

"죄송합니다. 부득이한 사정이 있어서 그러니 양해해 주셨으면 고맙겠습니다."

"오히려 제가 미안하죠. 그건 그렇고, 제 이름을 밝혔으니 소협 이름도 가르쳐 주셔야 되는 거 아니에요?"

"…임호(林湖)라고 합니다."

사문을 말하지 않았으니 도호를 댈 수가 없어 운호는 자신의 본명을 말해 버렸다.

참으로 오랜만에 부른 이름이고 가슴속에 품어놓은 그리운 이름이다.

"이름이 참 멋있네요. 뭐해, 너도 가르쳐 줘야지?"

황보혜가 눈짓으로 독촉하자 당운영의 얼굴에서 함박웃음이 피어올랐다.

그녀의 웃음은 정말 봄꽃처럼 화사했다.

"전 당운영이에요. 아시죠, 당문?"

"유구한 역사를 자랑하는 명문세가인데 모를 리가 있겠습니까."

"호호, 그리 말씀해 주시니 감사해요."

운호가 놀랍다는 얼굴로 대답하자 당운영이 어깨를 으쓱했다.

누구나 같은 반응을 보이기 때문이다.

사천에서의 당문은 가히 독보적인 위치를 지녔다.

"그런데 사천에는 왜 가세요?"

"저희 사형들을 만나러 갑니다."

"어디 계신데요?"

"의빈에 있었는데 지금은 어디 계신지 찾아봐야 될 것 같군요."

"어쨌든 그럼 의빈까지는 가시겠네요?"

"그렇습니다."

"그럼 같이 가시는 건 어떨까요? 저도 본가의 긴급 호출 때문에 돌아가는 길이거든요."

당운영이 운호를 빤히 바라보며 당찬 제안을 해왔다.

도대체 뭘 믿고 다 큰 처녀가 처음 만난 남자와 동행하자고 하는지 알 수가 없어 운호는 대답을 하지 못하고 그녀의 얼굴만 바라봤다.

아무리 강호 초출이라 해도 당운영의 제안은 이해가 되지 않는 것이었다.

하지만 그것은 운호가 그녀의 진정한 정체를 몰랐기 때문이다.

표면적으로는 당문오미 중의 하나로 그저 성격이 좋고 외모가 아름다운 여인으로 알려져 있으나 그녀를 진정으로 유명하게 만든 것은 외모가 아닌 무력이었다.

후기지수 중 사천에서 발군의 기세를 떨치는 신진들을 합해 무림인들은 사천십수라 불렀다.

그중 가장 강한 무력을 지닌 자를 꼽으라면 유성도 엽상이나 추혼검 상대운을 떠올리지만 상대하기 어려운 자를 말하라면 누구나 유성호접을 꼽는다.

그 유성호접이 바로 눈앞에 있는 당운영이다.

당문은 어릴 때부터 암기에 천재적인 재능을 발휘한 그녀를 전폭적인 지원으로 키워냈는데, 전력으로 펼치는 비접은 그 누구도 격살할 만큼 강력하다고 알려져 있었다.

당문이 키워낸 비밀병기.

그 비밀병기 중 하나가 바로 유성호접 당운영이었다.

유성호접으로 활동할 때는 반드시 나비 모양의 가면을 썼기 때문에 당운영의 진짜 정체를 아는 사람은 손가락에 꼽을 정도다.

웃는 얼굴로 운호와의 동행을 제안한 배경에는 그런 자신감이 있었다. 물론 거기에는 그녀의 자유로운 성격도 한몫했다.

무림세가에서 태어나 사내들과 함께 무인으로서의 삶을 살아왔으니 남녀 간의 격식을 차리는 세속의 형식에 얽매이지 않았다.

자유로운 삶. 그것이 그녀가 바라는 이상적인 삶의 방식이었다. 그러나 그건 그녀의 사정이고, 운호는 달랐다.

처음 보는 여인과의 동행이 편할 리 없었다. 또한 사형들을 찾기 위해 전력으로 이동해야 하는 형편이라 요청을 받아들일 수가 없었다.

"소저, 말씀은 고마우나 같이 가기는 어려울 것 같군요. 저에게는 함께 여행하기 힘든 사정이 있습니다."

"그래요?"

"미안합니다."

"미안하긴요. 사정이 있다니 어쩔 수 없지요. 그럼 그렇게 하세요."

운호의 얼굴 가득 떠오른 미안함을 보면서 당운영은 아무렇지 않다는 듯 대답했다.

의외다.

대부분 이런 상황이라면 그냥 넘어가지 않는 것이 정상인데 당운영은 여인으로서의 서운함과 부끄러움을 전혀 드러내지 않고 미소만 짓고 있다.

"저자가 맞느냐?"

"그렇습니다, 대주님."

운호가 앉은 탁자에서 우측으로 세 칸 떨어진 탁자에 두 명의 사내가 마주 앉아 이야기를 나누고 있었다.

탁자에는 소면이 놓여 있었는데 오래되어 면발이 퉁퉁 불어 있었다. 전혀 젓가락을 대지 않았다는 뜻이다.

턱수염 사내가 고개를 작게 끄덕이며 수긍하자 뱀눈 사내가 눈을 더욱 가늘게 만들었다.

"아직 새파란 애송이구만. 어찌 된 거냐?"

"아침 나절에 저자가 점창의 밀지인 관제묘로 들어갔습니다. 처음에는 세작 중의 하나라고 생각했는데 저자가 떠날 때 유현이 정중하게 인사를 하며 사숙이라 불렀습니다."

"정말이냐?"

"제 눈으로 똑똑히 확인했습니다."

"관제묘는?"

"유령 일대가 공격하기 위해 대기하는 것만 확인하고 저는 저자를 쫓아 여기로 왔습니다."

"갓 스물이 된 것처럼 보이는데 사숙이라 부르다니 이해가 안 되는군. 옆에 있는 여인들은?"

"갑작스럽게 합석해서 아직 정체를 알아내지는 못했습니다."

"모르는 사인데 합석했단 말이냐?"

"지켜본 바로는 여인들이 자리를 양보해 준 것 같습니다."

턱수염 사내의 설명에 대주라 불린 뱀눈 사내의 입꼬리가 슬며시 올라갔다.

"계집들이란 잘생긴 놈만 보면 암내를 풍기는 법이지. 유령 이대의 위치는?"

"정학입니다."

"전서를 띄워서 이쪽으로 오라고 해. 정학이면 일각밖에 걸리지 않는다."

"알겠습니다. 그리 조치하지요."

"너는 여기 있다가 저자를 유령 이대에게 넘기고 따라와라. 나는 관제묘로 가겠다."

뱀눈 사내가 슬그머니 일어나 자리를 벗어났다.

그의 정체는 칠절문의 비각 삼대주 정풍.

주요 임무는 풍현을 중심으로 움직이고 있는 점창의 정보망 신응을 파괴하는 것이었다.

운호가 식사를 마친 후 인사를 하고 떠나자 당운영이 지체 없이 자리에서 일어났다.

"나 먼저 간다."

"따라가려고?"

"어차피 가는 길이잖아. 잘생긴 사내 구경하면서 가면 시간 가는 줄 모르지 않겠어? 그리고 직감에 왠지 재밌는 일이 벌어질 것 같아. 잘못하면 놓치겠다. 혜아야, 나중에 봐."

"조심해서 가. 그리고 가능하면 꼭 잡아. 그 남자 정말 괜찮더라. 순진한 게 묘한 매력이 있어."

"그렇지? 걱정 마!"

황보혜가 손을 흔들자 탁자 사이로 움직이던 당운영이 반쯤 돌아서서 웃음을 날렸다.

그녀의 발걸음은 마치 소풍이라도 가듯 경쾌했는데 복잡한 사람들 사이를 교묘하게 빠져나가 금방 시야에서 사라져 버렸다.

유운신법을 최대로 펼쳤으나 내공을 운용하지 못하다 보니 그 속도는 생각보다 빠르지 않았다.

그래도 다행히 최소한의 내공이 운용되면서 호흡의 균형을 맞출 수 있었다.

균형 잡힌 호흡 속에서 달리다 보니 봄꽃처럼 화사하게 웃던 당운영의 얼굴이 스르륵 떠올랐다.

여자라고는 접해본 적 없지만 그녀가 보여준 호의가 슬그머니 가슴으로 들어와 심장을 쿵쿵 뛰게 만들었다.

이젠 몸의 일부가 되어버린 유운검법이나 사일검법의 초식들처럼 그녀의 웃음이 끊임없이 머릿속을 맴돌았다.

정말 불가사의하다.

어찌 웃음 하나만으로 온 세상을 환히 비출 것 같은 광채를 만들어낼 수 있을까. 어찌 목소리는 이리 생생하게 남아 귀를 간질일 수 있을까. 고개를 아무리 흔들어봐도 한 번 떠오른 그녀의 얼굴은 사라지지 않았다.

운호는 방향을 틀어 계곡 쪽으로 들어갔다. 땀을 식히고 그녀의 생각도 지우기 위해서였다. 사문은 지금 이 시간에도 피를 흘리며 적과 싸우고 있다. 죽음과 삶의 경계에서 오직 명예만을 생각하며 검을 꺼내고 있을 것이다.

그런데 지금 자신의 행태는 얼마나 가소로운가. 한낱 여인을 떠올린다는 것은 사문과 사형제들에게 얼굴을 들 수 없을 정도로 부끄러운 짓이다.

계곡물은 생각보다 훨씬 차가웠다.

두 손으로 떠 한꺼번에 얼굴을 적시자 뼛속마저 식힐 것 같은 차가움이 다가왔다. 그 차가움으로 미망이 사라지고 현실이 돌아왔다. 풍현에서 한 시진이나 달렸으니 여기는 황성산 인근으로 유추됐다.

두 시진 정도만 더 가면 유문이 나온다. 거기서 방향을 틀어 다섯 시진을 더 가야 의빈이 나오니 서두른다 해도 저녁 늦게야 도착할 수 있다.

적색 무복의 사내들이 나타난 것은, 그가 세면을 끝내고 다시 길을 나서기 위해 걸어 나왔을 때다.

사내의 숫자는 열둘.

모두 검을 들고 있었는데 운호가 평지로 나서자 즉시 포위 망을 구축해 왔다.

그 움직임이 표홀하고 빨랐는데 막상 포위를 당하자 전신을 압박하는 무형의 기운이 사방에서 몰려들었다. 그만큼 강한 자들이란 뜻이다.

위기.

내력을 제대로 운용하지 못하는 상태에서 이 정도로 강한 자들과의 교전은 죽음을 염두에 두게 만든다. 그럼에도 운호는 얼굴색 하나 변하지 않고 낮은 목소리로 물었다.

"나를 따라왔소?"

"당연히."

대답한 자는 정면에 선 짝귀의 사내였다. 그의 적색 무복 오른쪽에는 흰색 해골이 새겨져 있었는데 얼마나 정교한지 섬뜩한 느낌이 들었다.

나이는 삼십 후반 정도. 진의 중앙을 점유한 것을 봤을 때 그가 수뇌임이 분명했다.

"칠절문이오?"

"머리가 좋은 모양이구나."

"어디서부터 따라온 거요?"

"풍현."

"관제묘에서 봤소?"

"그랬으니 왔지. 자, 그럼 이제 나도 한 가지 묻자."

"그러시오."

"정체가 뭐냐?"

"알고 따라온 거 아니었나? 칠절문은 정체도 모르고 사람을 따라다니는 모양이지?"

운호가 여전히 무표정한 얼굴로 묻자 짝귀 사내가 빙긋 웃었다.

"뭐, 어떡하다 보니 그렇게 됐다. 그런데 막상 따라와 보니 이건 아니라는 생각이 드는군."

"그건 왜?"

"정체가 뭔지는 몰라도 너 같은 애송이를 잡으려고 여기까지 왔으니 낯부끄러워서 그런다."

칠절문의 특수부대 유령단의 대주는 다른 단의 대주보다 한 단계 위의 무력을 갖춘 고수다.

춘경장에서 청운자 일행을 공격했던 은마수보다 조금 더 강하다고 보면 정확하다.

그의 정체는 유령단 제이대주 마수 정철이었고, 사천에서 운남을 잇는 직선로를 따라 점창의 세작들을 해치우며 남하하는 중이었다.

고수는 먼저 적의 무력부터 측정한다.

그랬기에 따라오면서 유심히 관찰했는데 운호의 몸에는 내공이 전혀 흐르고 있지 않았다.

신법만 봐도 알 수 있었다.

내력이 뒷받침되지 않은 유운신법은 빠르게 뛰는 수준에 불과했다.

정철은 혀를 내밀어 입술을 축인 후 검을 툭툭 두들겼다.

내공도 없는 자를 죽이기 위해 이렇듯 많은 인원을 동원한 것이 마음에 들지 않은 듯, 얼굴에서 웃음을 지우고 검을 꺼내 들었다.

얼른 끝내고 어디 가서 술이나 한잔하려는 태도였다.

상대가 자신을 무시하고 있음에도 운호는 감정을 숨긴 채 궁금한 것을 마저 물었다.

"관제묘에 있던 사람들은 어찌했소?"

"죽었겠지."

"모른다는 뜻이오?"

"걔들은 다른 부대가 맡았거든. 아마 죽었을 거다. 신응 정도로 유령단을 막는다는 건 불가능하니까."

"당신들도 유령단이오?"

"그렇다."

"칠절문주가 직접 키웠다는 유령단을 이런 산골짜기에서

만나다니 재수가 좋은 모양이오."

"미친놈. 죽을 때가 되니 정신이 나간 모양이구나."

"그리 보여? 큭큭, 어쨌든 어차피 이리 된 거, 한꺼번에 오시오. 시간 끌지 말고."

"그 새끼, 귀찮게 할 모양이네. 그냥 모가지 내려놓으면 피차 편할 텐데. 점창 놈들은 스스로 독종이라고 한다던데 너도 그러냐?"

"나는 점창에서 십오 년이나 굴렀소. 그 십오 년 세월 동안 정말 지랄같이 살았지. 그런 나를 보고 내 사숙들과 사형들은 독종이란 말 대신 다른 걸 붙여주더군."

"그게 뭐냐?"

"왕독종!"

4장

유성호접

　운호는 낮게 끊어서 말을 마친 후 검을 꺼내 들었다.

　흑룡검(黑龍劍).

　사부이신 청곡자가 천하를 질주하며 점창의 혼을 강호에 알릴 때 쓰던 명검이다.

　예기치 못한 사태였으나 운호는 침착하게 자신을 둘러싼 유령이대 십이 명의 적객을 비스듬히 일별하고 유운검법의 기수식을 잡았다.

　사일검법을 꺼내지 않은 이유는 내공의 흐름이 원활치 않기 때문이다.

　자신의 몸에 흐르는 내공을 고스란히 검에 담을 수 있다면 당연히 사일검으로 상대하겠지만 삼성의 내력이 담긴 내공이라면 오히려 유운검이 훨씬 효율적이다.

또 하나의 이유는 바로 실전 경험이다.

유운검법은 거의 오 년 동안 매일같이 청문 사숙에게 얻어터지며 배웠기 때문에 사일에 비해 실전 경험이 많았다.

그의 유운을 보고 청문 사숙은 발군이라는 표현을 썼다. 그러면서 위기에 처했을 때 충분히 몸을 보호할 수 있을 거라 했다.

그럼에도 저들과 끝장을 볼 생각을 가지진 않았다.

정확한 판단과 결단력만이 목숨을 구할 수 있다.

기세가 칼날처럼 배어나오는 유령대주조차 감당이 쉽지 않은데 열하나의 적객이 포위까지 하고 있으니 여기서 승부를 본다는 것은 미친 짓이나 다름없었다.

그랬기에 그는 주변의 지형을 순식간에 훑어내고 후퇴로를 살폈다.

적의 포위망을 뚫고 후퇴하기도 쉽지 않아 보였지만 탈출만이 그가 할 수 있는 최선의 선택이었다.

목숨을 잃는 것은 두렵지 않으나 헛된 죽음은 원하지 않는다.

유령대주 정철의 지시에 다섯 명의 사내가 앞으로 나서는 것이 보였다.

다행이다.

정철이 자신을 무시하지 않고 일거에 공격을 명했다면 더욱 힘든 상황에 몰렸을 것이다.

슬며시 이가 악물려졌다.

강호에 나와 처음으로 검을 쥔 손가락은 과도하게 힘이 들어가 손목을 흔들리게 만들었다.

완성된 무력을 지녔다면 긴장하지 않을 테지만 내공의 제약은 그를 극도의 긴장 상태로 몰아갔다.

내공을 끌어 올리자 몸에서 찌릿찌릿한 기운이 생겨나기 시작했다.

내공의 조절이 안 된다는 뜻이다.

삼성이 넘어가면 뼈를 깎아내는 고통이 생긴다는 것을 뻔히 알면서도 위기를 느낀 몸에서 제어되지 않은 내공이 불쑥불쑥 일어나 송곳처럼 전신을 찔러왔다.

깊은 호흡.

적들을 살피며 호흡을 끌어당겨 내공을 가라앉히고 몸을 관조해 나갔다.

내공이 조절되지 못하면 여기서 죽는다.

다섯 명의 사내가 공격해 들어온 것은 다행스럽게도 진기가 혈들을 타고 제어되기 시작할 때였다.

쐐액!

단숨에 끝을 보겠다는 공격.

그들 역시 유령대주의 판단처럼 운호를 경시했던 모양이다.

그런데도 공격은 운호의 상, 중, 하를 완벽하게 분리, 제어하며 치명적인 사혈을 노렸다.

운호의 검이 유유히 움직이기 시작한 것은 검이 몸에 거의 닿기 직전이었다.

유운이란 흐르는 구름을 뜻한다.

유로 강을 제압하는 상승 검리가 검법 전반에 내포되어 있는 것이 바로 유운의 특징이다.

그처럼 운호의 움직임은 빠르지도 느리지도 않았다.

그러면서도 엄청난 빠르기로 공격해 오는 적객들의 공격을 일일이 비껴서 흘려냈다.

중속의 묘리.

정철은 수하들의 공격을 절묘하게 막아내는 운호의 움직임을 보며 슬며시 인상을 찡그렸다.

자신의 눈에는 운호의 움직임이 상세하게 보이는데 수하들은 운호를 제압하지 못하고 벌써 삼십여 초를 헛되이 보내는 중이다.

그래서 더욱 이상했다.

지금 공격하고 있는 중일조의 합격은 명성이 자자한 고수들조차 쩔쩔맬 정도로 강력한 것인데 일각이 지나도록 옷자락 하나 건드리지 못한다는 건 이해가 되지 않는 일이었다.

더욱 기가 막힌 것은 운호의 움직임이었다.

처음 몇 초식은 일방적으로 몰리더니 시간이 갈수록 불쑥

불쑥 반격까지 감행하고 있다.

'이런, 쯧쯧.'

자신의 예상이 틀렸다.

놈의 검에는 내기가 깃들어 있고 간혹 검형이 나타나며 수하들의 결정적인 공격을 차단했다.

단순하게 생각했는데 영악하게도 내력을 숨겼던 모양이다.

그러나 놈이 가진 내력은 일천한 수준에 불과했다.

수하들의 공격에서 버틸 수 있는 것은 내력 때문이 아니라 놈이 펼치고 있는 신묘한 검법 때문이었다.

바람처럼 휘돌고 구름처럼 움직인다.

저것은 점창의 기본 검법인 유운검법이 틀림없는데, 유운검법에 저런 위력이 있다는 말은 한 번도 들어본 적이 없다.

"호오, 제법이네? 그런데 저건 무슨 검법이지?"

커다란 나무숲에 몸을 숨기고 있던 당운영은 운호가 펼치는 검법을 보면서 연신 감탄사를 터뜨렸다.

싸움을 대등하게 만들고 있는 것은 오직 검법이 지닌 위력 때문이었다.

현묘함이 저절로 나오는 초식의 구사.

초식과 초식의 연결이 절정을 넘어선 자신조차 알아채지 못할 만큼 정교해서, 연환되고 있다는 것을 한참이 지난 후에야 알 수 있었다.

내력이 부족한 상태임에도 일류무인들의 합공을 받으며 견딘다는 것은 검법에 대한 이해와 연무가 상상을 초월할 정도로 대단하다는 것을 나타내 준다.

얼마나 많은 시간을 수련해야 저 정도의 경지에 도달할 수 있단 말인가.

진정 감탄이 저절로 나와 그녀는 한동안 운호의 움직임에서 눈을 떼지 못했다.

그렇다. 아름다움이란 표현이 가장 잘 어울린다.

검을 들고 초식을 구사하는 운호를 보며 그녀는 너무나 아름답다고 느꼈다.

그러나 그 아름다움은 오래 지속되지 못했다.

움찔!

관전하던 짝귀 사내가 성질을 못 참고 암습을 가하는 것이 보였다.

짝귀 정도의 고수가 펼친 암습은 교전 상태에 있는 운호에게 치명적인 일격이 될 수밖에 없다.

운호가 정철의 일격에 튕겨지듯 비틀거리며 뒤로 물러서는 것과 동시에 당운영의 신형이 공중으로 비상했다.

어느새 그녀의 얼굴에는 비접이 씌워져 있었다.

유령대주의 일격을 검으로 비켜 막은 운호는 그 힘을 거역

하지 않고 곧장 뒤쪽으로 튕겨져 나갔다.

본능적인 감각이 이번 기회를 잡으라고 명령했다. 그는 한 치의 망설임도 없이 뒤쪽에서 포위망을 구축하고 있는 두 적객을 향해 섬전(閃電)을 쏘아냈다.

기회는 단 한 번뿐.

그랬기에 가동이 가능한 모든 내공을 한꺼번에 모아 일격을 가했다.

쐐액!

유운과 다른 강력함.

바로 사일검법 중 섬전만이 가지고 있는 강력함이 두 명의 적객을 향해 번개처럼 쏘아졌다.

부지불식간에 다가온 섬전을 그들은 미처 막아내지 못하고 양쪽으로 튕겨져 나갔다.

삶과 죽음의 경계에서 살아온 적객들이었으나 예상치 못한 경로와 강력함을 막아내기엔 너무나 짧은 시간이었다.

포위망이 뚫리자 운호는 미리 봐둔 숲을 향해 전력으로 신법을 펼쳤다.

초인적인 힘.

고통이 전신을 괴롭히기 시작했으나 운호는 가동할 수 있는 내공을 모두 끌어 모아 탈출을 시도했다.

"저 새끼, 기다렸던 모양이네. 확실히 영악한 놈이군."

검으로 막았다지만 정철이 작심하고 펼친 강력한 일격에 운호의 왼쪽 어깨와 허리가 길게 찢어져 피가 뭉클거리며 흘러나오고 있었다.

그럼에도 기다렸다는 듯 도주하는 운호를 보며 정철의 왼손이 위로 올라갔다가 떨어져 내렸다.

"추격해. 더 이상 시간 끌지 마라. 영악한 놈이다. 곧장 척살하도록!"

명령이 떨어지자 열한 명의 적객이 동시에 비상하기 시작했다.

여기까지 추격하면서 그들은 운호의 신형을 놓친 적이 없었다.

운호가 사람들이 다니는 관도를 미친 듯이 달렸기 때문에 공격하지 않았을 뿐, 만약 무림인들이 주로 다니는 미로를 이용했다면 벌써 척살하고도 남았다.

강호 경험이 전무해 관도를 달린 것이 목숨을 부지시킨 이유가 되었으니 세상일은 참 알다가도 모를 일이었다.

정철은 적객들이 몸을 날려 운호를 추적하기 시작하자 자신 역시 신법을 펼쳐 나무 사이를 쾌속하게 질주했다.

운호 정도의 신법이라면 눈 깜짝할 사이에 따라잡을 수 있었다.

그 정도로 수준이 매우 낮았다.

정철은 가장 늦게 출발했으나 금방 적객들과 신형을 나란히 하며 미친 듯 도주하는 운호를 지그시 노려봤다.

왕독종이라고 우기며 제법 강단을 보이던 놈이 도주하자 헛웃음이 흘러나왔다.

삐익!

후미에서 날카로운 휘파람을 불자 적객들이 좌우로 갈라졌다.

양쪽에서 협공하겠다는 의지.

도주하는 자를 잡는 데 가장 효율적인 쌍익진이 펼쳐지자 정철의 얼굴에 만족스러운 미소가 피어났다.

수하들은 별도의 명령을 내리지 않아도 자신들이 해야 할 일을 놓친 적이 없다.

이것이 오랜 세월 함께 살아오면서 맞춰진 호흡이다.

수하들이 양쪽으로 완전히 갈라섰을 때 정철은 검을 비스듬히 앞으로 내밀었다.

쌍익진에서는 후미를 맡은 자신이 먼저 공격하는 게 가장 효율적이기 때문이다.

하지만 그는 공격 대신 신형을 뒤집으며 미친 듯이 팔방으로 검을 쳐내야 했다.

세 개의 빛 무리가 삼태성을 제압하고 날아왔는데, 얼마나 빠른지 육안으로 확인조차 되지 않았다.

채앵!

빠르기만 한 것이 아니라 엄청난 위력에 세 발자국이나 뒤로 물러섰다.

검이 부르르 떨며 휘청거리는 걸 간신히 제어했을 때 양쪽에 두 명씩, 도합 네 명의 수하가 날개 잃은 기러기처럼 균형을 잡지 못하고 땅바닥에 쓰러지는 것이 보였다.

무엇이 공격해 왔는지 알아채지도 못했는데 순식간에 네 명이나 당하자 정철은 수하들을 한쪽으로 모으며 전면의 숲쪽을 노려봤다.

그사이 운호는 나무 사이로 희끗거리던 신형을 감추며 시야에서 사라져 갔다.

추적하면 죽일 자신이 있었으나 정철은 움직이지 못했다.

암습한 자의 무력이 자신보다 훨씬 고수라는 걸 단박에 알아챘기 때문이다.

그런 고수를 상대로 모험을 한다는 것은 죽여 달라는 것과 진배가 없는 일이다.

더군다나 자신을 공격한 것은 암기가 분명했다.

암기라…….

강호의 어떤 암기가 이 정도 위력을 가졌단 말인가.

단 한 번 부딪쳤을 뿐인데 검을 쥔 손아귀에서 은은한 통증이 생겨나고 있다.

바닥에 쓰러진 수하들이 애절하게 비명을 지르며 꿈틀거리고 있다.

일격에 자신을 포함해 열둘을 공격할 정도의 고수라면 단숨에 목숨을 끊을 수 있었을 텐데 수하들은 전부 팔다리를 붙잡은 채 뒹굴고 있다.

"어떤 고인이시오?"

"사신!"

"장난이 심하군."

"장난인지 아닌지 움직여 보면 될 거 아니냐?"

"우리는 칠절문 사람들이오. 본문의 행사에 개입하면 추후에 좋지 못한 일이 벌어질 거요."

"칠절문 정도 가지고는 협박이 되지 않는다. 한 번은 경고였을 뿐, 두 번째는 정말 죽이겠다. 그 자리에서 움직이지 말도록. 내 말이 믿기지 않으면 움직여도 좋다."

"이유를 알 수 있겠소?"

"……."

"천하의 당문이 강호의 일에 개입하려면 무슨 이유가 있을 것 아니요?"

"그 입 조심하라. 함부로 당문을 입에 올리면 제 명에 살지 못한다."

"아니라고 말하고 싶은 게요? 이 정도의 암기술을 가진 자가 당문밖에 없다는 건 삼척동자도 아는 사실인데 숨긴다고 해서 숨겨지겠소?"

"죽고 싶은 모양이군."

숲에서 울려 나오는 소리는 목에서 나오는 것이 아니라 배에서 나오는 것이었다.

정체를 숨길 때 주로 쓰는 복화술이 분명했다.

숲 속에서 살기가 일어나며 정철 일행을 압박해 들어왔다.

전신을 서늘하게 만들 정도로 강력한 살기다.

정철은 느물거리던 말투를 고치며 급히 입을 열었다.

"우리가 어쩌면 좋겠소?"

"지금 당장 내 눈앞에서 사라지면 목숨만은 살려주마."

두 개의 능선을 가로지르며 미친 듯이 달렸다.

온몸의 혈관이 터질 듯이 부풀어 올랐으나 유운신법에 사용되는 내공을 거두지 않았다.

어깨와 옆구리에서는 피가 멈추지 않고 계속해서 흘러나오는 중이었다.

적객들 사이에서 갑작스럽게 나타난 정철의 검에는 대적하지 못할 강력한 내공이 담겨 있어, 비틀어냈음에도 검이 밀리며 제법 커다란 상처를 입고 말았다.

내력 검에 당한 상처는 살이 크게 벌어지며 지혈하기 어렵다는 특징이 있다.

파괴력이 일반 검에 비해 크기 때문인데 정철의 환두검은 날마저 두꺼워 상처의 벌어짐이 훨씬 심했다.

"헉헉!"

피를 많이 흘려서인지 반 시진가량 달리자 호흡이 거칠어졌다.

온 신경은 뒤쪽에 가 있었으나 언제부턴가 적들의 움직임은 포착되지 않았다.

아니다. 적들의 움직임이 포착되지 않은 것은 탈출에 성공하고 얼마 지나지 않아서였다.

그럼에도 그는 신법을 멈추지 않았다.

누구라도 빗겨낼 수 있을 정도의 신법이라면 여유를 가졌겠지만 내공이 뒷받침되지 못하는 신법으로는 안전이 보장될 때까지 최대한 멀리 달아나야 했다.

분하다.

하산한 지 불과 삼 일 만에 쫓기는 신세가 되다니.

새삼 청문자의 붉어진 눈이 떠올랐다.

무력이 부족해 분노를 목구멍 속으로 삼키며 눈물을 흘려야 했다는 사숙의 말이, 지금 이 순간 운호의 머리와 가슴을 온통 아픔 속에 잠기게 만들었다.

점창에 오른 것이 아홉 살 때였으니 십오 년을 미친 듯이 수련에 매진했다.

사부님께 했던 약속.

점창의 별이 되어달라는 사부님의 부탁을 한시도 잊어본 적이 없다.

강자가 되어 사문의 명예를 드높여 달라는 유언을 지키기 위해 사형제들로부터 독종 중의 독종이라는 말을 들을 만큼 미친놈이 되었다.

그런데 이렇게 도망이나 치고 있다니…….

냉철한 이성으로 위기를 벗어났으나 무인으로서의 명예는 황성산에 그의 피와 함께 흘려놓았다.

명예보다 목숨을 택한 것을 후회하는 것은 아니었으나 가슴이 너무나 아파왔다.

무인으로서 적을 눈앞에 두고 뒷모습을 보인 채 도망쳤다는 사실이 부끄러워 적이 쫓아오지 않는다는 것을 알면서도 달리는 것을 멈추지 못했다.

눈에서 슬그머니 솟아난 눈물이 사물을 희미하게 만들었다.

혈관이 부풀어 오르며 전신에 송곳 같은 고통이 밀려들었으나 운호는 미친 듯 바위를 뛰어넘고 계곡을 건넜다.

이대로 죽고 싶을 만큼 부끄러웠다.

운호가 떠난 그날 오시.

학경에 있는 칠절문의 지부들을 찾아 무주로 갔던 운상은 그들이 후퇴했다는 확증만 잡은 채 곧장 풍현의 관제묘로 돌아왔다.

칠절문 지부의 행적을 추적하기 위해서는 무주로 가는 것이 맞았지만 운상은 그것보다 운호의 안전을 더 우선적으로 생각했다.

쉬익!

운상의 신법은 운호의 것과 차원이 달랐다.

내공이 완벽하게 뒷받침된 그의 유운신법은 깃털처럼 가볍고 한 마리 독수리처럼 빨랐다.

채앵, 챙!

바위를 차고 날아오른 운상은 관제묘 쪽에서 들려온 병기 소리에 더욱 빠르게 신법을 펼쳤다.

문제가 생겼다.

풍현의 관제묘는 도시와 제법 멀리 떨어져 있어 사람의 왕래가 빈번한 곳이 아니다.

더군다나 점창에서 밀지로 사용하면서 사람의 출입을 통제했기에 하루 종일 사람 구경하기가 힘든 곳이다.

그런 관제묘의 공터에서 이십여 명이 싸움을 벌이고 있었다.

먼저 확인했고, 곧바로 검을 뽑아 들었다.

열다섯의 적객이 점창의 신응들을 둘러싼 채 공격하고 있었는데 벌써 세 명의 신응이 쓰러진 채 움직이지 못했다.

남은 다섯의 신응도 온몸이 피로 물들었는데 신형이 연신 흔들리는 중이었다.

"멈춰라!"

포위망의 중앙에 떨어져 내린 운상의 검에서 빛살 같은 검기가 뻗어 나와 세 명의 적객을 일거에 쓸어냈다.

검기에 당한 자들은 일 장이나 튕겨 나가 쓰러진 후 움직이지 못했다.

검을 앞으로 내민 운상의 기세는 산악과 같아 적객들의 움직임을 한꺼번에 제어했는데, 마치 먹이를 눈앞에 둔 호랑이를 연상시켰다.

"너희는 누구냐?"

낮게 깔린 운상의 목소리가 정면에 선 외눈박이 사내를 향해 흘러나왔다.

한쪽 눈을 검은 안대로 가린 사내는 예리한 기세를 뿜어내면서 운상의 눈을 마주 노려봤다.

세 명의 수하가 쓰러졌지만 그는 한 올의 흐트러짐도 보이지 않았다.

"사람들은 우리를 유령단이라고 부르지. 너는?"

"운상!"

"오호, 운 자 항렬을 가졌다 이거지? 어쩐지 꽤 한다 했어. 점창도 밀지에 상당한 신경을 쓰고 있군그래."

"신응들을 척살하고 다닌다는 놈들이 너희냐?"

"맞아. 여기까지 오면서 죽인 놈이 열다섯은 될 거야."

"크큭! 언젠가 볼 거라 생각했는데 이렇게 일찍 만나다니 다행이로구나."

유령일대주 황문의 짧은 대답을 들은 운상의 입에서 그릉거리는 웃음이 흘러나왔다.

그는 황문과 대화를 하면서 주변을 샅샅이 살피고 있었는데 시간이 지날수록 안색이 무섭게 굳어져 갔다.

"유현 사질!"

"예, 사숙."

갑작스러운 부름에 유현이 급히 대답했다.

그의 대답에는 최대한의 공경이 담겨 있었는데, 운상이 나타나며 보여준 강력한 일격이 충격으로 남아 있는 것 같았다.

단 한 번의 공격으로 세 명의 적객을 죽인 운상의 무력은 진정 경이로운 것이었다.

"운호가 안 보이오. 그는 어디 있소?"

"운호 사숙께서는 의빈으로 떠나셨습니다."

"의빈으로 떠나다니, 그게 무슨 소리요?"

"오늘 점심 무렵 떠나셨습니다. 말렸으나 듣지 않으셨습니다."

"으흐, 내 그리 부탁했건만. 어찌 막지 못하셨소?"

화를 내는 목소리는 아니었으나 무섭게 소리치는 것보다 더한 분노가 담겨 있었다.

그의 눈은 유현을 바라보고 있지 않았다.

책임을 다하지 못한 유현을 향해 무슨 짓을 할지 장담할 수 없었기 때문이다.

머리에서 심장, 그리고 오장육부로 번져 가는 불안감에 그는 검을 쥔 손이 부르르 떨리는 것조차 알지 못했다.

운호가 갔다는 의빈은 칠절문의 안마당이라 볼 수 있는 곳이다.

칠절문의 최정에 황룡단이 웅크리고 있는 무현과 불과 삼십 리밖에 떨어지지 않았으니 용담호혈이라고 봐야 했다.

의빈으로 향했다면 풍운대를 찾아간 거다.

운곡 사형이 이끄는 풍운대는 공공연하게 움직이고 있었기 때문에 칠절문은 물론, 점창에서도 그들이 의빈으로 간다는 것을 알고 있었다.

그랬기에 더 위험했다.

내공을 쓰지 못하는 운호가 적과 조우하게 되면 엄청난 불행이 생길 수도 있었다. 운상의 마음은 이미 의빈으로 향하고 있었다.

"이봐, 애꾸눈. 내가 시간이 없다. 그러니까 빨리 끝내자."

"그럴 수는 없지. 클클클, 우리는 시간이 많거든."

운상이 검을 겨누자 황문이 왼손을 들었다.

그의 손에 맞춰 적객들이 팔방을 점유하며 운상을 포위했다. 그들이 방위를 차지하자 묘한 기운이 스멀스멀 피어올랐다.

유령단이 자랑하는 유령미혼진.

신응들과의 싸움에서는 워낙 일방적이었기 때문에 유령미혼진을 펼치지 않았으나 운상이라면 얘기가 다르다.

운상의 일격은 자신과 비교해도 절대 하수가 아니라는 걸 확인시켜 주었다.

군이 위험을 감수하면서 단독으로 승부를 볼 생각은 없었다. 황문은 지체 없이 유령미혼진을 펼치고 자신이 직접 진의 중문을 지킨 채 운상을 압박했다.

그러나 운상은 그들이 유령미혼진을 완벽하게 가동시킬 때까지 기다려 주지 않고 곧장 허공으로 솟구치며 검기를 뿜어냈다.

검기의 물결. 바로 사일검의 월파다.

"이 새끼야, 내가 시간 없다고 했잖아!"

반 시진을 더 달린 운호는 전신을 갉아먹는 고통에 어쩔 수 없이 신법을 멈추고 바닥에 쓰러졌다.

또다시 시작된 고통.

삼성을 넘으면 찾아오던 고통은 신체가 한계를 벗어나자 급격하게 증폭되더니 온몸을 지배하고 말았다.

몸은 땀이 솟구쳐 바닥을 적실 정도로 불덩이 같았고, 운호를 무의식 상태로 몰아넣었다.

웬만한 고통이었다면 몸이라도 뒤틀었을 텐데 이 고통은 신체를 꼼짝하지 못하게 만들었다.

할 수 있는 것은 오직 신음을 흘리는 것뿐이었다.

"이봐요, 어디가 아픈 거예요?"

"으……."

당운영은 운호가 대답을 하지 못하고 약한 신음만 흘리자 즉시 몸을 뒤집어 얼굴이 보이도록 했다. 그 후 전신 경혈을 위에서 아래 순으로 짚어나갔다.

당문의 기재로 자랐으니 독에 능통하고 의술에 대한 조예가 깊었다.

독이란 천하에 자생하는 동식물의 부산물이 인간의 건강과 상극되는 것을 지칭한다.

따라서 독을 능숙하게 다루기 위해서는 인간의 신체에 대한 해박한 지식이 수반되어야 한다.

당문이 의술에도 능통한 이유는 바로 이것 때문이었다.

의술 또한 인간의 신체 구조를 연구하고 분석해 최상의 치료를 하는 행동이니 독을 다루는 것과 일맥상통한다.

경혈을 모두 짚어본 당운영은 심각한 표정으로 생각에 잠겼다.

땀을 흘리며 신음한다는 것은 신체가 고통스럽다는 걸 의미하는데, 운호의 몸은 아무리 살펴도 그 원인을 찾을 수 없었다.

물론 어깨와 옆구리에 난 상처가 적지 않았으나 의식까지 잃어버릴 만큼 고통을 겪는다는 건 이해되지 않는 사실이다.

그녀는 이내 장기 쪽을 살폈다.

만약 내상 때문에 고통을 겪는 것이라면 외상보다 훨씬 상태가 심각하다는 걸 의미했다. 그녀는 꼼꼼히 운호의 경혈을 훑었다.

하지만 운호의 경혈은 어디 하나 막힌 곳이 없었다.

의술이 뛰어나도 고통의 원인을 찾지 못하면 치료가 불가능했다.

당운영은 일단 운호의 혼혈을 짚었다.

무엇보다 자신에게까지 전달되는 그의 고통을 없애주고 싶었기 때문이다.

입에서 흘러나오던 신음이 가라앉고 숨소리가 고르게 변하는 걸 확인한 당운영은 그때서야 품에서 금창약을 꺼내 운호의 상처를 치료하기 시작했다.

상처는 예상보다 컸다.

흘린 피의 양도 만만치 않았는지 선혈 대신 진득한 피가 상처를 감싸고 있었다.

가전의 비약인 활인고를 꼼꼼히 바르고 붕대로 싸맨 당운영은 물끄러미 운호를 바라봤다.

정말 잘생긴 얼굴이었으나 외모만 가지고 사내를 따라온 것은 아니다.

처음엔 장난이었다.

처음 보는 남자를 합석시킨다는 건 무가의 자식으로 자라온 그녀에게도 커다란 모험이었다.

황보혜가 장단을 맞추지 않았더라면 그런 일은 없었을 터였다.

그녀가 운호를 따라오기까지 한 것은 잘생긴 외모보다 식사를 하면서 보여준 순수함 때문이었다.

착해도 너무 착했고 가끔 보여주는 웃음은 정신을 흔들어 놓을 만큼 매력적이었다.

그것이 운호의 위험을 방치할 수 없던 이유였다.

절정고수.

고수의 이목은 세인의 상상을 초월할 정도로 대단한데 당운영은 그 수준을 뛰어넘는 절정고수였다.

그녀는 객잔에서 비각 무인들의 움직임을 눈치채고 내공을 끌어 올려 그들의 속삭임을 들었다. 그렇기에 운호가 자리에서 일어서자 곧장 그를 미행했던 것이다.

그리고 그를 구했다.

유령단의 우두머리가 당문을 들먹인 것이 조금 찜찜했으나 그녀는 자신의 행동을 후회하지 않았다.

어머니 없이 자란 삶.

오로지 자신의 무공 성취만 확인하며 기뻐하던 아버지.

그런 아버지의 얼굴에 웃음꽃을 피우기 위해 죽도록 무공 수련에 전념했다.

절정에 달한 무공은 얻었으나 그녀는 원하지 않는 다른 하나도 얻게 되었다.

바로 사무칠 만큼 강한 외로움이었다.

만약 운명이 있어 인연을 허락한다면 그녀는 기꺼이 그 인연을 받아들여 자신을 괴롭히는 외로움을 씻어내고 싶었다.

얼마의 시간이 지났을까.

운호가 눈을 뜨더니 자리에서 벌떡 일어섰다.

하지만 곧 다시 자리에 풀썩 주저앉으며 신음을 흘리고 말았다.

붕대로 싸매진 상처.

윗옷은 벗겨져 있고 상처는 치료되어 꼼꼼하게 붕대로 감겨 있었다.

누군가 자신을 도와줬다는 걸 알아챈 운호의 눈이 급히 주변을 돌아보다가 한곳에 고정되었다.

당운영이 나무에 기댄 채 자신을 보고 있었다.

"일어났어요?"

"소저께서 어떻게……?"

"집에 돌아간다고 말했잖아요. 의빈을 가려면 여기가 제일 지름길이거든요."

"도대체 어찌 된 영문인지 알 수가 없군요."

"그건 제가 할 말인 것 같은데요. 여기 도착했을 때 소협은 정신을 잃고 쓰러져 있었어요. 말해봐요. 왜 쓰러져 있었던 거죠? 그리고 그 상처는 어떻게 된 거예요?"

"그건 말하기가……. 상처는 소저께서?"

"여기에 저 말고 다른 사람이 있나요?"

"신세를 겼군요. 고맙습니다. 이 은혜는 꼭 갚도록 하겠습니다."

"정말 갚을 건가요?"

"그러겠습니다."

"그럼 나중에 갚지 말고 지금 갚아요."

당운영은 몸을 일으켜 세우며 운호를 향해 다가왔다.

그녀의 얼굴에는 여전히 봄꽃 같은 화사한 웃음이 매달려 있었다.

상처가 생각보다 깊은 모양이었다.

그녀가 다가오는 것을 보고 몸을 일으키려 했으나 전신이 마비를 일으킨 것처럼 움직여지지 않았다.

무의식적으로 움직였을 때는 말을 듣더니 상처를 입었다는 것을 자각하자 극심한 통증이 옆구리와 어깨 쪽에서 흘러나와 꼼짝도 하지 못하게 만들었다.

그럼에도 움직이려 노력했다.

언제까지 이렇게 누워 있을 수는 없는 노릇이었다.

그러나 몸은 움직여지지 않고 대신 이마에 굵은 땀이 송골송골 맺히기 시작했다.

"소저, 미안하지만 움직이기가 쉽지 않소. 원하는 것이 무엇인지 모르겠으나 지금은 들어주기 어려울 것 같군요."

"소협의 상처는 살이 한 치나 벌어질 정도로 중상이에요. 대충 치료는 했지만 꿰매지는 못했어요."

"……"

"내가 원하는 건 간단해요. 소협의 상처를 치료할 수 있도록 해주세요."

"그게 무슨……?"

"당가 사람이라고 말했잖아요. 당가 사람들은 기본적으로 의술을 배우게 되어 있는데 나는 아직 사람의 상처를 꿰매본 경험이 없어요."

"그래서 내 몸으로 시험을 해보겠다는 소리요?"

"그래요."

그녀의 눈이 반짝거리며 자신을 쳐다보고 있다.

무언가를 기대하는 눈빛.

원하는 것이 상처를 치료하는 거라면 지금 자신의 처지에서 충분히 들어줄 수 있는 얘기다.

그러나 그녀의 말은 거짓임이 분명했다.

천하의 당문 식솔이 목숨을 살려놓고 대가로 상처나 꿰맨다는 건 말도 안 되는 일이다.

분명 다른 이유가 있을 거란 판단이 들었으나 그것이 무엇이든 목숨 값을 바란다면 들어줘야 했다.

하지만 진짜 문제는 따로 있었다.

"소저, 이 상처는 나를 쫓는 사람들에게 당한 겁니다. 사정은 말씀드리기 어려우나 그자들은 무서운 사람이오. 자칫 잘못하면 소저까지 위험해질 수 있으니 지금은 그냥 가시는 게 좋을 듯합니다. 나중에 기회가 되면 지금의 은혜를 반드시 갚지요."

"핑계를 대는군요."

"그런 것이 아닙니다."

"그런 게 아니라면 지금 신세를 갚아요."

"핑계가 아니라 위험하기 때문이오. 나는 은혜를 입은 사람까지 위험에 빠뜨리고 싶지는 않소."

"내가 그냥 가면 소협은 어쩌려고요. 움직이지도 못하면서."

"무리하면 갈 수 있을 거요."

"간신히 살렸는데 내가 그냥 내버려 둔 채 떠날 거라 생각했나요? 소협이 허락하지 않으면 나도 여기서 움직이지 않을 거예요. 벌써 날이 저물고 있군요. 바깥에서 자려면 모닥불이라도 준비해야 되겠지요?"

단호한 표정과 말투.

연약하게 봤는데 외모와 다르게 보통 강단이 아니다. 그녀는 정말 금방이라도 마른나무를 찾기 위해 움직일 기세였다.

운호는 급히 그녀를 만류했다.

"소저!"

"그러니까 나 고생시키지 말고 웬만하면 그냥 가요."

운호는 바짝 마른 입술로 누운 채 다가오는 도시를 바라봤다.

당운영이 준 약을 먹은 후 정신이 몽롱해져 도시의 불빛이 뿌옇게 보였다.

그녀는 제대로 서지 못하는 운호를 부축해 기어코 마을로 내려와 마차를 빌렸다. 둘은 서곡으로 이동하는 중이었는데, 유령단(幽靈團)을 마주쳤던 황성산에서 동쪽으로 이십 리 떨어져 있는 곳이었다. 의빈과는 완전히 반대 방향에 있는 도시로, 중요한 것은 서곡이 당문의 영역에 있다는 점이었다.

서곡으로 들어와 거침없이 마차를 끌고 제법 큰 장원으로 들어서자 사람들이 부산하게 움직이기 시작했다.

일사천리(一瀉千里).

마차를 이동시키는 사람, 운호를 부축하는 사람, 등을 들고 방으로 안내하는 사람이 한꺼번에 움직였는데 미리 연락을 받고 기다린 것처럼 보였다.

운호를 눕힌 당운영은 수술 도구를 들고 들어온 시비를 옆에 앉힌 후 즉시 운호의 옷을 벗겼다.

미리 마취산을 먹였기 때문에 운호는 정신을 잃은 상태였다.

그렇다 해도 여인의 몸으로 남정네의 옷을 벗기면서 단 한 번의 망설임도 보이지 않았다. 물론 그녀의 얼굴은 능숙한 손길과는 다르게 붉게 변해 있었다.

붕대를 천천히 풀어내자 벌겋게 부어오른 상처가 속살을 내밀며 나타났다.

너무 큰 상처이기 때문인지 비전의 활인고를 듬뿍 발랐는데도 전혀 호전되지 않은 상태였다.

소독액으로 상처를 씻어낸 당운영은 지체 없이 상처를 꿰매기 시작했다.

수술을 해보지 않았다는 그녀의 말은 거짓임이 분명했다. 수술을 한 번도 해보지 않았다면 사람의 살을 이리 능숙하게 헤집는다는 건 있을 수 없는 일이기 때문이다.

거의 일 다경에 걸쳐 수술을 마친 당운영은 붕대를 다시 감은 후 물끄러미 운호를 쳐다봤다.

마취가 되어 고통을 느끼지 못할 텐데도 그의 얼굴은 온통 땀으로 젖어 있었다.

객잔에서는 사내들의 대화 내용을 다 듣지 못했기에 정체를 알지 못한 상태로 따라 나왔으나 유령단에게 공격당하는 걸 보고 운호의 정체를 알게 되었다.

점창 무인.

운호를 바라보는 그녀의 입에서 무거운 한숨이 흘러나왔다.

강호의 일은 섣불리 관여하게 되면 자신은 물론 가문에 피해를 주는 경우가 다반사다.

그리고 그 대상이 칠절문이라면 자칫 사천에 피바람을 몰고 올 수도 있었다.

그런 위험 부담을 알면서도 그녀는 운호를 속가로 데려올 수밖에 없었다.

상처를 입고 도주하는 두 시진 동안 운호는 수많은 것을 그녀에게 보여주었다.

분노, 절망, 고통, 그리고 눈물.

사내의 눈에서 흘러내리는 눈물이 그토록 아파 보인 건 태어나서 처음이다.

그것은 상처로 인한 고통 때문이 아니라 끝없는 절망에서 비롯된 것이 틀림없었다.

얼마나 잤을까.

눈을 뜬 운호는 한동안 움직이지 않은 채 어제 하루 동안 있었던 일들을 머릿속에 천천히 떠올렸다.

관제묘에서 있었던 일, 황성산에서 만난 유령단과의 싸움, 그리고 도주, 당운영의 아련한 눈길과 도움.

하나하나가 또렷하게 떠올라 운호는 지그시 입술을 깨물었다.

그의 정신은 강하다.

어릴 때도 강했고, 풍운대의 일원이 되어 혹독한 수련을 했을 때도 누구보다 강했다.

그것은 지금도 마찬가지.

무림에 나와 처음 벌어진 싸움에서 도주를 택했다는 분함과 부끄러움은 잠에서 깬 순간 한쪽 가슴에 깊숙이 묻어놓았다.

위기를 벗어나기 위해서는 냉철한 이성이 필요했다.

잠을 자는 동안 천룡무상심법이 가동되었으나 워낙 상처가 깊어 몸을 움직이기 쉽지 않았다. 그는 아주 조금씩 몸을 비틀어 감각을 끌어 올렸다.

감각을 회복해야 몸을 움직일 수 있다는 걸 너무나 잘 알고 있었다.

느린 속도로 팔을 짚고 몸을 일으킨 그는 옆구리에서 터져 나오는 통증을 참아내고 힘들게 좌정을 했다.

심법의 운용.

천룡무상심법의 무한한 효능은 상처를 치료하는 데 탁월하다는 것을 어릴 때부터 수없이 겪으며 알았다.

그랬기에 강력한 통증을 참아내며 억지로 일어나 심법을 운용하기 시작했다.

그런데 뭔가 이상하다.

단전에 묶여 있던 내공이 혈을 타고 움직이는 것이 훨씬 부드러웠다.

쉽게 말하면 내공이 이동하는 경로인 주요 혈들이 이전보다 넓어졌다는 느낌이 들었다.

천주, 진중, 하완혈은 그렇다 쳐도 고통의 진원지인 옥침혈과 풍부혈의 흐름이 넓은 관을 타고 흐르는 물처럼 편안했다.

심법 수련을 하면 무아지경에 빠진다는 말을 종종 들었다.

하지만 그는 지금까지 심법 수련을 하면서 무아지경에 든 적이 한 번도 없다.

심법을 운용하면 끊임없이 생겨나는 고통을 제어하느라 심신을 집중하지 못했기 때문이다.

천주에서 시작한 내기가 옥침을 타고 풍부혈을 거쳐 뇌호혈에 도달했다가 유연하게 방향을 바꿔 역순으로 돌아왔다.

무아지경에 빠진 것은 일주천이 끝나고 단전에 모인 내기가 다시 뇌호혈로 향하기 시작했을 때다.

육체를 괴롭히던 강렬한 통증도, 부끄러움을 무릅쓰고 도주해야 했던 기억도, 처음 와본 곳에 누워 있어야 하는 처지도 모두 사라지고 끝없이 펼쳐진 허공을 유영하는 자신만이 보였다.

황홀했다.

길도 없고 시야를 밝혀주는 등도 없었으나 어디든 볼 수 있고 어디든 갈 수 있었다.

자신의 머리를 쓰다듬어 주던 부모님이 계셨고, 무릎에 앉혀 놓은 채 옛날이야기를 들려주던 사부님이 계셨다.

청문 사숙과 사형들, 그리고 운여와 운상의 익살스러운 모습이 보였다. 봄꽃처럼 환한 웃음을 짓는 그녀의 모습도 보였다.

말은 하지 않았지만 수많은 언어가 눈을 통해 전달되었다.

사랑하고 존경하는 사람들.

그들과 만나는 이 길이 너무나 소중하고 아름다웠다.

그러나 그 길은 곧 끝나고 새로운 세계가 나타나기 시작했다.

오색찬란한 빛 무리의 향연.

눈이 부실 만큼 아름다운 빛 무리는 온갖 형태를 꾸며내며 유혹했는데, 그는 그 유혹을 이겨내지 못하고 빛을 따라 끊임없이 날아갔다.

아주 오랜 시간 동안.

그리고 한순간 그는 조용히 눈을 뜨고 숨을 몰아쉬었다.

눈은 심연처럼 가라앉았고 호흡은 어느 때보다 안정되어 마치 다른 사람을 보는 것 같았다.

청문자는 부대를 이끌고 학경에서 벗어나 사천의 서부에서 가장 큰 도시인 감락(廿洛)으로 향했다.

감락은 칠절문의 삼 개 지단 중 하나가 자리 잡은 곳이다. 칠절문 삼대고수 중 하나인 권절(拳切) 풍공이 단주였고, 그 휘하에 이백여 명의 무인이 상주하고 있었다.

사천의 서부를 담당하는 감락지단.

주변의 열두 개 지부까지 포함하면 소속 무인의 숫자가 오백이 넘는 대규모로, 칠절문의 주력 고수가 대거 배치되어 용담호혈로 변한 곳이다.

"얼마나 모였느냐?"

"정보로는 일곱 개 지부가 감락으로 들어왔다고 합니다."

"일곱 개라⋯⋯. 나머지는?"

"감락으로 합류한 지부는 우리 진출로에 있던 자들입니다. 나머지는 원래의 위치에 있습니다."

청문자의 질문에 점창십삼검 중 하나인 운청이 말을 받았다.

그는 춘경장 싸움에서 청운자와 청면자가 당할 때 같이 있던 사람이었다. 누구보다 칠절문에 대한 적개심이 강했는데, 싸움이 다가오자 눈빛이 번들거렸다.

"여기서 감락까지 얼마나 남았느냐?"

"이제 백 리만 더 가면 됩니다."

"백 리라⋯⋯."

"왜 그러십니까?"

"아무래도 지금부터는 편한 길이 되지 않을 것 같구나."

"각오하고 있습니다. 저희 안방인데 그냥 내버려 두지는 않겠지요."

"제자들을 주의시켜라. 이동 경로에 기습이 있을 테니 철저히 경계를 서도록 하라."

"그리하겠습니다. 그리고 사숙."

"왜 그러느냐?"

"풍현에서 운호가 사라졌다고 합니다."

"뭐라!"

그동안 침착하게 앉아 대화를 하던 청문자가 자리에서 벌떡 일어났다.

그는 마시고 있던 찻잔을 내려놓는 것마저 잊을 만큼 놀라고 있었다.

그 모습에 운청의 목소리가 더욱 조심스러워졌다.

"의빈으로 간다고 했답니다. 풍운대와 합류할 생각이었나 봅니다."

"그래서?"

"하루가 지났지만 운호는 의빈에 나타나지 않았답니다. 풍현의 밀지가 기습을 당했다고 하는데 아무래도 마음이 놓이지 않습니다."

"운상이는 어쩌고? 같이 있지 않았단 말이냐?"

"잠깐 자리를 비웠다고 합니다. 학경에 있던 놈들을 추적하느라 자리를 비운 사이 일이 벌어졌다고 하더군요. 다행스럽게 풍현의 신응들은 운상이 구했다고 합니다."

"바보 같은 놈이로다. 그까짓 지부 병력 이동이 무슨 대수라고 운호를 혼자 둬!"

"관제묘가 노출됐다면 운호도 노출됐을 가능성이 있습니다."

"공격한 놈들은?"

"유령단입니다."

"으흐."

청문자의 입에서 괴로운 신음 소리가 저절로 흘러나왔다.

운호가 그에게 보여준 마지막 검식은 완벽했고, 내력이 포함되자 신기로 나타났다.

하지만 유령단에 걸렸다면 위험하다.

운호의 내력 가지고는 어쩔 수가 없을 만큼 유령단은 강한 자들이었다.

마음 같아서는 직접 의빈으로 가고 싶었으나 일전을 앞에 둔 상황에서 그리할 수는 없었다.

"운청, 전서구를 날려라!"

"어디로 말입니까?"

"풍운대를 남하시켜 의빈에서 풍현까지 샅샅이 뒤진다."

"기습 작전은요?"

"그게 문제가 아니야. 운호를 찾아내야 한다. 반드시 찾아내야 해!"

그토록 침착하던 청문자의 입에서 고함이 나왔다.

운호의 몸에서 천룡무상신공이 발현되는 것을 보며 얼마나 기뻤던가.

저절로 떨려오는 몸을 주체하지 못하고, 제대로 서 있지 못할 만큼의 감격에 젖었다.

점창의 미래.

만천자가 이루었던 천하제일의 꿈을 재현시키기 위해 칠절문과의 싸움이 끝나는 대로 점창의 모든 힘을 운호에게 쏟을 생각이었다.

현재의 점창은 분광과 회풍을 기적적으로 돌려받아 전력이 크게 상승했으나 지금껏 지속적으로 발전해 온 십대문파나 전통 세가들에 비하면 아직도 전력 면에서 부족한 실정이다.

예전처럼 무시당하지는 않겠지만 그렇다고 우위를 점하기도 어렵다.

그렇기에 운호의 존재는 각별했다.

운호가 익힌 천룡무상신공만이 태양을 베는 검 후예사일을 펼칠 수 있기 때문이다.

후예사일이 완성되면 천하의 그 누구도 점창을 눈 아래로 보지 못하게 만들 수 있다.

그런데 실종이라니.

사형들과 함께할 수 없겠냐는 부탁을 단호하게 거절하지 못한 것이 한스럽고 또 한스러웠다.

눈물을 흘리며 떼를 썼더라면 훨씬 거절하기 쉬웠을 텐데 놈은 그저 아련한 눈으로 자신을 바라보기만 했다.

아, 이 일을 어쩐단 말인가!

5장

고군분투

뇌호혈의 타통.

그동안 그를 괴롭혀 오던 끔찍한 고통은 뇌호혈이 타통되면서 거짓말처럼 사라져 버렸다.

풍부혈을 깰 때처럼 고통 속에서 이를 악물며 혼신의 힘을 다하지 않았고 기절조차 하지 않았는데 뇌호혈은 어느 순간 거짓말처럼 타통되어 진기를 강간까지 밀어올리고 있었다.

뇌호혈을 지나 강간까지 진입한 진기는 그 끝을 찾지 못하고 한참을 유영하다 단전으로 되돌아갔다.

내력의 크기가 혈의 범위를 채우지 못해서 벌어진 현상.

변화는 그것만이 아니다.

뇌호혈까지 진행하던 진기는 마치 폭포수 같았으나, 타통이 되어 강간으로 진입한 내력은 마치 고요한 호수처럼 회전되며 신체를 극도의 균형 상태로 이끌었다. 날뛰던 진기가 가라앉으니 끔찍하게 그를 괴롭히던 고통도 사라져 버렸다.

청문 사숙은 내공편을 가르치면서 이러한 현상을 회수(回水)의 경지라 말씀하셨다. 내력의 사용이 마음에 따라 움직이고 물이 회전하는 것처럼 온몸을 돌아 재생산되는 단계.

즉, 내공의 소모와 보충이 완벽한 균형을 이루는 경지였다.

이 단계에서 더욱 정진하면 강간의 그릇이 채워지고, 만수가 되었을 때 강간이 깨진다고 배웠다.

십제(十帝)의 경지.

현 무림에서 강간을 깨고 일월합벽(日月合闢)의 경지에 오른 것은 절대고수라 불리는 십제밖에 없다고 알려져 있으니 뇌호혈을 깬 것은 대단한 성과임이 틀림없다.

운호는 조용히 앉아 몸의 변화를 관조하며 내공을 끌어 올렸다. 삼성이 넘으면 끔찍한 고통이 온다는 것을 알기에 조심스럽게 아주 천천히 단전에서 내공을 흘려냈다.

아!

몸이 삼성을 넘겼는데도 견뎌내며 고통이 없자 운호는 예전 기억을 되살려 극도로 조금씩 내공을 올렸다.

언제 생겨날지 모르는 고통은 너무나 끔찍해서 조짐이라도 보이면 내공의 운영을 즉각 중지할 생각이다.

그러나 사성이 넘고 오성이 넘어도 육체는 끄덕하지 않았다.

뛸 듯이 기뻐 고함이라도 지르고 싶었으나 운호는 그 기쁨을 뒤로하고 계속해서 내공을 뿜어냈다.

단전에서 흘러나온 진기는 칠성이 넘어서자 온몸을 휘감으며 도도히 흐르기 시작했다.

날아갈 것 같은 쾌감.

그리고 십성에 달하자 금방이라도 폭발할 것처럼 온몸이 팽팽하게 당겨졌다.

일검에 산이라도 가를 것 같은 내력이 전신에 가득 차 눈을 부릅뜨게 만들었다.

끌어 올린 내공을 단전으로 회수한 운호는 자신도 모르게 솟아난 눈물을 닦으며 팔로 바닥을 짚었다.

너무나 기쁘면 사람은 눈물이 나오는 모양이다.

한동안 그 자세로 있던 운호는 뒤늦게 생각에 잠겼다.

이런 기연이 발생한 이유는 무엇일까?

그가 한 것이라고는 끔찍한 고통을 견디며 두 시진 동안 신법을 펼친 것밖에 없고, 결국 견디지 못한 채 쓰러졌다.

그리고 상처를 치료하기 위해 심법을 운용했을 뿐이다.

무력이 증진되기 위해서는 득의를 통한 각성이 이루어져야만 한다.

각성은 무공에 대한 이해가 한층 깊어진다는 것을 뜻하고, 그에 따른 활용이 훨씬 능숙해진다는 걸 의미한다.

그랬기에 운호는 뇌호혈을 타통할 수 있었던 원인을 찾고자 했다.

원인을 알아야만 심법 운용의 묘리를 더욱 발전시킬 수 있고, 다음 단계에 대한 준비를 효율적으로 할 수 있기 때문이다.

하지만 아무리 생각해 봐도 원인을 찾을 수 없었다.

한동안 고민하던 운호는 고개를 흔들며 다시 자리에 누웠다.

모르는 것을 알려고 애쓰는 것만큼 어리석은 짓도 없었다. 또한 무념에서 깨어나자 옆구리와 어깨에서 다시 통증이 밀려왔다.

천룡무상심법이 상처를 치료하는 데 탁월한 효능이 있다 해도 한 치가 벌어질 정도의 중상을 금방 완쾌시키지는 못한다.

오랫동안의 좌정은 엄청난 고통을 선사했기에 그는 바닥에 누우며 저절로 신음을 뱉어냈다.

마음 같아서는 당장이라도 검을 뽑고 유운과 사일검법을 시전해 보고 싶었지만 상처를 치유하는 게 우선이었다.

당운영은 방문을 열다가 운호가 신음을 지르는 소리에 급히 다가왔다.

원인 모를 고통으로 괴로워하던 모습이 떠올랐기 때문에 그녀는 옆에 앉으며 급히 물었다.

"왜 그래요?"

"아파서 그러오."

"어디가요?"

"잠시 일어났는데 검에 당한 상처를 건드린 모양입니다."

"다른 데가 아픈 건 아니고요?"

"다른 데라면 어디?"

운호가 의아한 표정을 짓자 당운영이 그제야 한시름 놨다는 얼굴로 붕대를 풀기 시작했다.

혼자서 흥분한 모습을 보인 것이 계면쩍었는지 새초롬히 입술을 내민 채다.

밤새도록 그녀는 잠을 이루지 못했다.

세가의 긴급한 호출을 받고서도 돌아가지 않았기 때문에 그녀를 찾기 위해 여러 군데에서 전서가 날아오른 상태였다.

급히 돌아가야 했지만 밤새 고민한 끝에 당분간 돌아가지 않기로 했다.

운호의 상처는 작은 것이 아니었고, 자신이 그 상처를 치료해 주고 싶었기 때문이다.

이유?

이유를 말하라면 선뜻 대답하기 어렵다.

붕대를 완전히 끌러낸 당운영의 눈이 밝아졌다.

상처는 하루 만에 상당히 호전되었는데 직접 눈으로 보고도 못 믿을 지경이었다.

"소협, 이거 봐요."

"뭘 말이오?"

"상처의 홍반이 가라앉은 거 안 보여요?"

"이게 가라앉은 거요?"

"어제는 이렇게 부어 있었다고요!"

당운영이 과장되게 두 손으로 원을 그렸다.

그녀가 그린 원은 거의 호박만 했다.

그 모습이 너무나 귀여워 운호는 자신도 모르게 함박웃음을 지었다.

"내 옆구리에 호박이 달렸던 모양이오."

"호호, 너무 컸나요? 그럼 이 정도?"

두 손을 조금 작게 다시 그린 당운영이 특유의 봄꽃 웃음을 지으며 운호의 눈을 바라봤다.

장난기가 섞여 있는 그녀의 행동에 운호는 웃음을 지우지 못했다.

"많이 부풀었던 모양이군요."

"정말 그랬어요. 그런데 하루 만에 이렇게 가라앉았으니 놀랄 수밖에요. 봤죠? 우리 가문의 비약이 얼마나 효과가 뛰어난지."

"내 몸에 바른 게 당문의 비약이오?"

"활인고라는 요상비약이죠. 웬만한 상처는 깨끗이 치료된답니다."

"그리 귀한 것을 나한테 쓰다니, 고맙소."

"어때요? 신세 갚을 게 또 하나 생겼죠?"

"그렇군요. 신세를 갚으려면 또 검이나 칼에 맞아야 될 텐데 걱정이오. 검에 맞는다는 게 생각보다 아프다오."

"키킥, 이제 농담도 하시네요?"

당운영이 쾌활하게 웃자 운호가 따라 웃었다.

별것 아닌 농담에 당운영은 매우 흡족한 표정을 짓고 있었다.

"언제 일어날 수 있을 것 같소?"

"최소 칠 일은 지나야 해요. 그것도 이 비싼 활인고를 엄청나게 써야 가능하답니다."

"신세를 너무 많이 져서 걱정이오."

"강호에 처음 나온 거죠?"

"그걸 어찌……."

"척 보면 알죠. 그나저나 나오자마자 이렇게 큰 상처를 입다니 운이 좋지 않네요."

"다 내가 부족해서 일어난 일이오."

"소협이 부족해서 그런 게 아니에요. 한 사람한테 떼거리로 덤볐으니 누구라도 그런 상황이었다면 당해낼 수 없었을걸요."

운호가 슬쩍 웃음을 지우고 자신을 탓하자 당운영이 급히 위로의 말을 했다.

하지만 그 말에 운호의 표정이 급격히 변했다.

"어떻게 봤소?"

"그게… 지나다가……."

당운영이 당황하며 얼버무렸으나 운호는 입을 굳게 닫고 다시는 열지 않았다.

지금도 이해가 되지 않는 상황이었다.

유령단의 실력이라면 충분히 추격이 가능했을 텐데 어느 순간 거짓말처럼 추적을 멈췄다.

아니, 멈췄다기보다 애초부터 추적을 하지 않았다고 보는 게 맞을 것 같았다.

다시 생각해 보니 누군가의 개입에 의해 그리 되었을 소지가 다분했다.

그들을 전부 감당할 만한 고수가 추적을 차단했다면 의문은 깔끔하게 정리된다.

물론 다른 이유가 있을지 모르나 지금 가능성이 가장 큰 것은 누군가의 개입이었다.

그랬기에 운호는 천천히 당운영을 살폈다.

만약 그 누군가가 당운영이 맞다면 그녀는 자신의 생각보다 훨씬 대단한 고수였다.

하지만 그런 생각은 당운영의 한마디에 여지없이 깨지고 말았다.

"내가 그렇게 예뻐요? 뭘 그렇게 빤히 쳐다봐요, 부끄럽게?"

화원을 천천히 걷던 천수가 급히 다가오는 비각주를 확인하고 걸음을 멈췄다.

비각주는 점창이 산을 내려온 후 수시로 천수의 처소에 드나드는 중이다.

　"어서 와. 확인해 봤나?"

　"예, 총사. 놈들은 급히 남하하고 있습니다."

　"남하를 해? 이유는?"

　"그것은 알아내지 못했습니다. 하지만 분명 뭔가 있는 것 같습니다. 오늘 아침 동이 트자마자 풍현 쪽을 향해 전력으로 이동하고 있습니다."

　"우리 애들은?"

　"따라붙고 있습니다. 언제든지 공격할 수 있도록 만반의 준비를 해놓은 상태입니다."

　"이번 작전을 위해 문주님께서 특별히 수룡대(九龍隊)를 움직이셨다. 실패하지 않도록 조심, 또 조심하라고 전해."

　"그리하겠습니다."

　"그나저나 제물은 준비해 놨겠지?"

　"그렇습니다. 걸리면 빼도 박도 못할 겁니다."

　"당문의 혈련각 지부가 미추에 있다고 했나?"

　"예, 총사."

　"미추로 놈들을 몰아. 거기서 끝장을 내!"

　사천을 들었다 놨다 한다는 칠절문의 총사, 천수의 입꼬리가 슬며시 치켜 올라갔다.

　그가 꾸미는 계책은 알고도 당할 만큼 신기묘묘하다고 알려져 있었다. 그의 머리는 지금 이 순간에도 공간을 넘어 미추로 향하고 있었다.

과연 그가 꾸민 계책은 무엇이란 말인가?

급히 운호를 찾으라는 명령에 운곡은 풍운대를 이끌고 풍현을 향해 움직였다.

이런 거대한 싸움에서 제자 하나 실종되었다고 작전을 포기한다는 건 있을 수 없는 일이었다. 그러나 청문자는 지급으로 운호를 찾으라는 명령을 내렸다.

그것도 반드시라는 단어를 세 번이나 사용할 만큼 청문자의 의지는 강력했다.

적들의 공격이 시작된 것은 미고(美姑)로 들어가기 바로 직전이었다.

워낙 급히 움직이느라 아침도 걸렀기 때문에 미고에 들러 배를 채울 생각이었는데, 적들은 폭멸궁을 쏟아부으며 풍운대를 압박해 들어왔다.

부지불식간의 공격이었음에도 운곡을 비롯한 풍운대는 적들의 포위를 허용치 않고 한쪽 방향을 열어놓았다.

적의 인원은 거의 백 명에 육박했고, 선두에 선 중년도객들의 무력이 워낙 뛰어나 포위망에 갇히면 득보다 실이 훨씬 많을 것으로 예측되었다. 때문에 운검과 운곡이 후미를 맡아 필사적으로 퇴로를 확보했다.

중년도객들의 칼이 허공에서 번개처럼 떨어져 내리며 풍운대를 위협했다.

그들의 칼은 마령단 무인의 등 뒤에서 나왔기 때문에 대응이 어려워 고전을 면치 못했다.

등 뒤에서 나온 칼이었지만 그 강력함은 조금도 줄어들지 않는다.

정면 승부를 하지 않고 틈을 노리는 기습 작전.

풍운대는 제대로 검을 찔러내지 못하고 연신 뒤로 물러났다.

그들의 정체는 귀가 따갑게 들었다.

점창에서 하산하기 전 칠절문의 전력에 대해 세밀하게 분석했기 때문에 주력 무인에 대한 정보가 운곡의 머릿속에 각인되어 있는 상태이다.

도법과 용모로 봤을 때 그들은 무풍칠사임이 틀림없었다.

전왕 혁기명은 두 개의 친위대를 두고 있었는데 그중 하나가 바로 무풍칠사였다.

이해할 수 없는 일.

전왕의 신변을 지켜야 하는 무풍칠사가 특급타격대라는 마룡단과 함께 이곳에 나타날 줄은 꿈에도 생각지 못했다.

운곡은 순식간에 삼검을 찔러내고 뒤쪽으로 물러났다.

더군다나 놈들의 공격이 이상했다.

방어를 도외시하고 무조건적인 돌진을 해왔기 때문에 풍운대는 공격 대신 방어를 택할 수밖에 없었다.

그들의 공격 사이로 기습을 해오는 무풍칠사의 공격은 징그러울 만큼 독해 벌써 두 군데에서 피가 새어 나오는 중이다.

이가 악물려졌으나 운곡은 표정을 풀었다.

여기서 끝장을 보자고 한다면 질 것 같지는 않았다, 그러나 그들에게는 고유의 임무가 있었고 지금은 무엇보다 운호를 찾는 일이 급했다.

그랬기에 그는 사제들을 향해 고함을 질렀다.

"마주치지 말고 물러서라! 신법으로 뿌리치고 미고를 넘어간다!"

운곡이 먼저 신형을 날리자 운몽을 비롯한 사제들이 열려진 퇴로를 따라 번개처럼 움직였다.

내공이 동반된 유운신법의 효용은 단거리에서 더욱 빛을 발하기에 불과 일각도 지나지 않아 마룡단과의 거리는 삼십 장으로 벌어졌다.

하지만 무풍칠사의 신법은 마룡단을 훨씬 뛰어넘어 불과 십 장의 거리에서 풍운대를 쫓고 있었다.

무인에게 삼십 장은 짧은 거리.

불과 숨 몇 번 흘릴 시간이면 충분히 도달되는 거리에 불과했다.

운곡은 신법을 날리면서 점차 격차가 벌어지는 마룡단과 십 장 뒤에서 따라오는 무풍칠사를 지그시 노려보았다.

미고를 넘어 마룡단만 완전히 뿌리칠 수 있다면 이 기회에 무풍칠사를 잡을 수도 있다는 생각이 그의 머릿속에 번뜩였다.

무풍칠사를 잡는 건 뜻밖의 수확이다.

하지만 그 생각은 정면을 가로막은 채 서 있는 아홉 명의 검객을 발견한 후 순식간에 사라지고 말았다.

보검처럼 뻗어 나오는 무서운 예기.

그들의 몸에서 흘러나오는 기세는 몸을 따끔거리게 만들 정도로 강력한 것이었기에 검을 쥔 손이 저절로 굳어졌다.

냉철한 판단이 필요했다.

여기서 저들과 충돌하면 쉽사리 벗어나기 어렵다.

무리를 이끄는 수장은 결론을 내리면 망설이지 않는다.

"좌측으로, 망산으로 들어간다!"

풍운대가 망산으로 들어서자 가로막고 있던 자들의 신형이 바람처럼 움직이기 시작했다.

구룡단(九龍團).

칠절문이 무림을 상대로 최후의 승부를 보기 위해 키워낸 암천(暗天)의 이름.

전부 삼십 대로 구성되어 있는 그들은 전왕 혁기명이 어릴 때부터 직접 키워낸 제자다.

무력이 어느 정돈지 알려지지는 않았으나 보검처럼 뿜어져 나오는 예기는 그들이 절정을 넘어선 검사란 걸 충분히 알려주고도 남았다.

망산은 미고를 좌측에 놓고 길게 뻗어 있는 산으로서, 높이는 백오십 장에 이르고 길이는 남북으로 칠십 리가 넘게 펼쳐져 있었다.

풍운대는 움푹 꺼진 산의 허리를 가로지르며 전력으로 움직였다.

마룡단은 완전히 떨쳤으나 무풍칠사와 구룡단이 좌, 우측을 점한 채 아직도 맹렬하게 쫓는 중이다.

운곡은 신형을 날리면서 적의 움직임을 관찰했다.

확실히 무룡단이 무림칠사보다 뛰어난 무력을 지녔다는 걸 알 수 있었다.

처음 대면했을 때 풍겨 나오는 예기로 짐작했지만 막상 그들의 바람 같은 신법을 확인하자 저절로 인상이 찌푸려졌다.

무풍칠사와 마룡단만이라면 각개격파를 시도할 생각이었다.

운호를 찾는 것도 급했으나 풍운대가 사천에 들어온 것은 적진을 휘젓는 역할이기에, 운곡은 미고의 복잡한 지형을 이용해 무풍칠사와 마룡단을 제거하려고 했다.

포위당하지 않고 무풍칠사와 마룡단을 분리시킬 수만 있다면 충분히 가능한 계획이었다.

구룡단이 나타나지 않았다면 말이다.

구룡단의 출현은 계획의 변경은 물론, 생사까지 고민하게 만들 정도로 위험했다.

그들이 합류한 이상 이 싸움은 위험으로 가득 차버렸다.

그랬기에 운곡은 망산을 거침없이 넘었다.

망산을 넘으면 미추가 나오고, 미추는 당문의 영역이다.

불과 산 하나를 경계로 칠절문과 당문의 영역이 갈리는 것이다.

당문의 영역으로 들어선다는 것은 당문을 침범한다는 말과 같은 뜻이다.

특히 첨예하게 대립되어 있는 칠절문이라면 그 경우가 더욱 특별해지는데, 두 문파의 감정이 예민해질 대로 예민해져 있기 때문이다.

운곡이 노린 것이 바로 그것이었다.

놈들이 따라올 수 있는 것은 미추 전까지가 한계였다.

미추로 들어서게 되는 순간 칠절문은 또 다른 전쟁을 시작해야 될지도 모르는 상황에 몰린다.

하지만 그들은 풍운대가 미추로 들어섰음에도 추적을 포기하지 않았고, 당문의 지부가 보이는 곳까지 거침없이 따라왔다.

예측이 틀렸다는 것보다 놈들의 이해하지 못할 행동이 더 기분 나빴다.

뭔가 모를 찜찜함.

하지 않아야 할 행동을 할 때는 뭔가 이유가 있는 법이다.

그런 찜찜함 속에서도 풍운대는 당문의 혈련각 지부를 통과해 그대로 질주했다.

어차피 이리 된 것, 무사히 몸을 빼내는 것이 더 급했다.

일이 생긴 것은 그로부터 이각 정도 지난 후였다.

미추를 벗어나자 적들의 추적이 중지되었기에 풍운대는 한참을 더 달린 후 신형을 멈추고 휴식을 취했다.

추격이 멈추었으니 휴식도 취하고 적들의 동태도 살필 필요성이 있었다.

그때 미추 쪽에서 커다란 폭발음이 연속으로 들려왔다.

쾅, 콰앙, 쾅!

오 리 정도 떨어진 이곳까지 들려온 폭발음은 미추에서 뭔가 일이 생긴 것을 알려주는 것이다.

"사형, 저건 당문의 벽력탄 소리 아닙니까?"

"그런 것 같다."

"뭔가 일이 생긴 모양입니다. 가봐야 하지 않겠습니까?"

"기분이 좋지 않아."

"어차피 미고로 돌아가야 됩니다. 운호를 찾기 위해 풍현으로 간다면 다시 망산으로 가야 합니다. 그리고 놈들이 왜 추적을 중지했는지 궁금하기도 하고요."

"그건 그런데……."

운몽의 말에 운곡이 말끝을 흐렸다.

뭔가 계속해서 감각이 흔들리고 있었다.

좋지 않은 느낌.

그럼에도 운몽의 말을 흘러들을 수 없는 이유는 그들에게도 급한 임무가 있기 때문이다.

운호.

무슨 일이 생기기 전에 운호를 찾아야 했다.

그것은 풍운대 전체의 생각이었고, 그중 운여의 마음은 가장 급해서 거듭 운곡을 재촉했다.

"사형, 운호가… 빨리 가야 합니다."

"…그래, 가자. 하지만 주의할 게 있다. 아까 그자들이 남아 있다면 우린 우회한다. 무슨 뜻인지 알겠지?"

"알겠습니다. 하지만 그놈들, 한번 붙고 싶더군요."

"알아. 그래도 지금은 아니다. 나중에 기회가 생길 테니 그때 놈들을 잡는다."

운검의 말에 운곡이 입꼬리를 슬쩍 말아 올렸다.

분광과 회풍을 검에 장착한 풍운대는 누군가를 두려워한다는 걸 인정하지 못했다.

수룡대가 대단하다는 건 인정하지만 풍운대는 지금껏 싸우면서 분광과 회풍을 꺼낸 적이 없었다.

목숨을 걸고 싸움다면 절대 지지 않는다. 이것이 풍운대의 생각이었다.

미추로 다시 돌아간 풍운대는 혁련각 지부 쪽에서 연기가 피어오르는 것을 확인하고 서로 간의 시선을 살폈다.

궁금하다고 해서 선뜻 가볼 수도 없다.

자칫 잘못하면 당문과 시비가 붙을 수도 있기 때문이다.

전각이 파괴되어 연기가 오른다는 것은 결코 좋은 일이 아님을 알려주는 것이기에 그들은 의문 속에서도 망산 쪽을 바라봤다.

그러나 운곡은 사제들의 시선을 비켜내고 의외의 결정을 내렸다.

"가보자."

"사형!"

"도대체 왜 이리 기분이 나쁜 건지 가서 확인해 봐야겠다. 칠절문의 행사가 이해되지 않는단 말이다."

운곡은 말을 끝내고 즉시 혁련각 지부 쪽으로 향했다.

내키지 않았으나 대사형의 결정은 풍운대의 결정이기에 나머지도 즉시 그를 따라 신형을 날렸다.

전각에 도착한 그들은 급히 입을 막아야 했다.

연기 속에 섞여 나오는 살 타는 냄새는 지독할 정도로 역겨워 즉시 코와 입을 틀어막았다.

부서진 대문을 통해 전각 안으로 들어서자 무려 오십여 명이 죽어 있는 것이 보였다.

그중 삼십여 명의 시신은 알아보지 못할 정도로 파괴되었는데 벽력탄에 당한 모습이고 나머지 이십여 명은 검에 의해 사살되어 군데군데 쓰러져 있었다.

"으, 사형. 큰일 났습니다."

"뭐가 말이냐?"

역겨움 속에서 시신들 사이를 헤집던 운몽이 급히 다가오며 소리를 지르자 운곡의 눈이 커졌다.

그의 목소리에서 찜찜함의 원인을 발견했기 때문이다.

예상은 들어맞았다.

"이놈들이 당문을 끌어들일 생각인 모양입니다."

"자세히 말해봐라."

"벽력탄에 당한 사람들의 복장을 보십시오. 그리고 검도."

"이놈들이!"

운곡의 입에서 긴 신음이 흘러나왔다.

벽력탄에 당했어도 복장을 완전히 태우지는 못했는데 시신들이 입고 있는 옷은 점창의 전통 복장인 흑색 도복이었다.

강호에 이런 도복을 입는 문파는 점창이 유일해 강호인들은 점창의 도복을 적웅의라 불렀다.

점창의 흑색 도복 왼쪽 상단에는 적색 독수리가 새겨지기 때문이다.

더군다나 그들이 쥐고 있는 청강검에는 검신 한쪽에 독수리가 새겨져 있어 점창 제자만이 소지하는 신웅검이라는 걸 알려주고 있었다.

함정!

이것은 함정이 분명했다.

점창의 공격에 당문이 벽력탄으로 반격한 모양새다.

아무리 달리 해석하려 해도 현장 상황을 본 사람이라면 그리 생각할 수밖에 없다.

벽력탄에 당한 괴한들은 철저하게 신체가 훼손되어 누가 누군지 알아볼 수 없었기 때문에 점창 무인이 아니라고 변명조차 하기 어려웠다.

이런 상황을 보고 빼도 박도 못한다고 한다.

머리가 뛰어난 운몽은 여기저기 흩어져 있는 풍운대를 끌어모으며 운곡을 향해 급히 소리 질렀다.

"사형, 여길 벗어나야 합니다!"

위기를 벗어나기 위한 본능.

하지만 운곡은 전각과 담장으로 올라서는 적색인들을 바라보며 천천히 검을 꺼냈다.

그들의 손에 든 원통형 무기는 사천무인이라면 누구나 다 아는 당문의 전위부대 신풍단의 독문 무기 뇌전이었다.

"올가미를 제대로 씌워놨군. 할 수 없구나. 일단 뚫고 나가는 수밖에!"

천수의 표정은 여유가 흘러넘쳤다.

귀계의 소유자는 표정의 변화가 많지 않다고 하는데 그 대표적인 인물이 바로 정무자 천수였다.

용정차를 찻잔에 따른 그는 아주 조금씩 입안으로 넘기며 그 향취를 음미했다.

그는 은은하고도 깊은 향기를 좋아해 수시로 용정차를 곁에 두고 마셨다.

하지만 그와 다르게 앞에 앉아 있는 비각주의 얼굴은 꽤나 상기되어 있었다.

"조치는?"

"구룡단과 무풍칠사, 그리고 마룡단이 망산을 완전히 차단했습니다. 당분간 그놈들은 당문의 세력권에서 움직일 수밖에 없습니다."

"중요한 일이야. 마무리 잘하도록."

"알고 있습니다."

"하하하, 앞으로 재밌어질 게야. 당문이나 점창이나 뻔히 알면서도 당할 테니 환장하겠지."

천수가 유쾌하게 웃으며 비각주의 굳어 있던 얼굴이 슬쩍 풀렸다.

많은 정보가 들어오기 때문에 분석과 대책 수립을 하느라 두 시진도 못 자고 나온 그의 얼굴은 푸석푸석하게 말라 있었다.

"총사, 청무자와 청문자의 병력이 곧 당도합니다."

"얼마 남았지?"

"칠십 리 남았습니다."

"공격은?"

"신기단과 명륜단이 번갈아가며 십여 차례 공격했습니다."

"어차피 피해는 생긴다. 피해가 생겨도 놈들이 잠을 자지 못하게 만들도록!"

"그리하고 있습니다. 여기에 왔을 때 아마 놈들은 서 있는 것조차 힘들 겁니다."

"비각주가 전투단과 긴밀히 연락을 취해 완벽하게 몰아세워 봐. 주제넘게 산에서 내려왔으니 세상 무서운 걸 제대로 알도록 만들어줘."

"존명!"

"그럼 수고해!"

천수가 손을 흔들자 비각주가 일어나서 허리를 숙여 인사한 후 방을 나갔다.

그 모습을 지켜보던 천수의 얼굴에는 여전히 밝은 웃음이 자리 잡고 있었다.

전쟁.

수많은 사람의 목숨이 달린 싸움.

그 전쟁이 자신의 머리에 의해 승패가 결정된다는 것은 무척이나 즐거운 일이었다.

운호는 계속해서 운공에 매달렸다.

끔찍하게 괴롭히던 고통이 사라졌기 때문에 그는 천룡무상심법을 지속적으로 순환시키며 상처를 치유하기 위해 전력을 다했다.

최대한 빨리 일어나 사형들을 찾아야 했다.

다행스럽게도 천룡무상신공의 무한한 공능은 상처를 빠르게 가라앉혔기 때문에 하루가 지나자 불편은 했지만 어느 정도 몸을 일으킬 수 있었다.

그랬기에 밤이 지나고 아침이 밝으면 즉시 길을 떠날 생각이었다.

당운영이 들어온 것은 운호가 운공을 마치고 천천히 눈을 떴을 때였다.

그녀의 손에는 여전히 활인고가 들려 있었는데 두 시진에 한 번씩 들어와 상처를 소독하고 치료했다.

운호를 치료하는 그녀의 정성은 그야말로 지극했다.

처음에 거리를 두던 운호는 이틀에 걸친 그녀의 치료에 마음속으로 깊은 감사를 느꼈다.

세상에 태어나 처음으로 받아보는 정성이 가슴을 적셔 그녀를 바라보는 눈을 따뜻하게 만들었다.

그녀는 꼭 천사처럼 보였다.

"어서 와요."

"상처를 보려고 왔어요."

"번번이 고맙습니다."

"호호, 나중에 신세 갚으면 돼요."

"반드시 그러겠소."

다짐하듯 말하는 운호를 향해 그녀가 하얀 이를 드러내며 활짝 웃었다.

당운영은 운호가 신세를 갚겠다는 말만 하면 이렇게 웃는다.

붕대를 풀고 상처를 확인한 그녀가 웃음을 거두고 놀란 눈을 했다.

"또 아까보다 훨씬 좋아졌네. 난 정말 이해가 안 돼요. 수많은 환자를 봤지만 상처가 이렇게 빨리 아무는 건 처음이에요."

"활인고가 명약이라 그런 거라면서요?"

"명약이긴 하지만 이렇게 빠른 치료는 불가능해요. 아무래도 뭔가 다른 이유가 있을 것 같아요."

"난 뭐 때문에 그런지 알 것 같소."

"그래요? 그게 뭔데요?"

"당 소저의 정성이 상처를 감복시킨 모양이오. 그 아름답고 부드러운 손길이 어루만지니 상처가 정신이나 있겠소. 아마 그래서 이리 빨리 치료가 된 것 같소."

그녀의 눈을 바라보며 운호가 부드러운 목소리로 말을 했다.

그러자 당운영의 얼굴이 순식간에 붉게 물들어갔다.

무뚝뚝하기만 하던 운호의 입에서 농담 섞인 감사함과 칭찬이 한꺼번에 나오자 그녀는 얼굴을 붉힌 채 쉽게 입을 열지 못했다.

뭐라고 얘기를 하고 싶었지만 운호의 눈을 바라보자 말문이 막혔다.

항상 여유 있던 당문가주 당청의 얼굴은 잔뜩 굳어져 마치 석고상처럼 보일 지경이었다.

그의 앞에는 내원당주 당황이 있었는데 그의 얼굴도 별반 다르지 않았다.

"그놈들의 위치는 어딘가?"

"용화를 지나고 있습니다."

"피해는?"

"미추지부 애들을 빼고도 포위 공격을 하면서 열일곱이 더 죽었습니다. 사천의 칠절문지부를 휩쓸었다고 하더니 놈들의 무력이 만만치 않습니다."

"우리 애들은 어디 있나?"

"용화에서 포위망을 구축하고 있습니다."

"으, 천수 이놈을!"

당청의 이가 부드득 갈렸다.

불을 보듯 빤한 술수에 당문의 전위부대가 고스란히 걸려들었다.

뒤늦게 알고 수습하려 했으나 너무 일이 크게 벌어져 수습할 방법이 마땅치 않았다.

앞뒤 재보지 않고 풍운대를 공격한 신풍단주 당추의 멍청함에 새삼 화가 부글부글 끓어올랐다.

불같이 화를 냈지만 그런다고 해결될 일이 아니기에 당청은 냉정을 되찾으려 무진 애를 썼다.

지금도 사천 전역에서 점창 무인들의 당문 공격 소식이 들불처럼 퍼져 나가고 있는 중이다.

　그것도 사실과 다른 소문이.

　당문이 점창 무인들의 공격을 받아 제대로 반격조차 하지 못하고 떼로 죽어 나자빠졌다는 소문이 확대, 재생산되어서 퍼지고 있었다.

　막으려 백방으로 노력했으나 막지 못했다.

　누군가 고의를 가지고 조직적으로 퍼뜨리는 게 확실했지만 정체를 끝내 알아낼 수 없었다.

　물론 짐작도 갔고 확신도 있지만 증거가 없으니 몇 번이고 찻잔만 집어 던질 뿐이었다.

　"천수 그놈의 계략에 보기 좋게 당했네. 어쩌면 좋겠어?"

　"이미 사천뿐만 아니라 가까운 귀주와 감숙까지 소문이 파다하게 퍼져 나갔습니다. 이대로 방치하면 전 무림이 점창의 위세에 당문이 고개를 숙였다는 소리를 하게 될 겁니다."

　"말도 안 되는 소리!"

　"가주님, 현재 상황이 그쪽으로 몰려가고 있습니다. 냉정하게 판단해야 됩니다. 억울하지만 미끼를 물 수밖에 없을 것 같습니다."

　"자네 말은 죽이자는 건가?"

　"다른 방법이 있다면 따르겠습니다."

　당황이 고개를 숙이자 당가주 당청의 얼굴에 깊은 골이 생겨났다.

점창과 은밀히 접촉해서 해결하는 방법은 세상에 소문이 퍼진 이상 물 건너간 지 오래이다.

천수는 교묘하게 당문의 자존심을 족쇄로 걸어놓았다.

족쇄를 풀기 위해 수많은 방법을 생각해 봤으나 마땅한 해결책은 떠오르지 않았다.

방법은 오직 하나.

당문 영역으로 들어온 자들을 죽이고 세상에 공표하는 수밖에 없었다.

"음, 놈들을 죽이면 점창이 가만있지 않을 텐데?"

"당문의 명예가 달린 일입니다. 앞으로 무슨 일이 벌어질지 모르나 우리 영역에 들어온 놈들은 무조건 죽여야 합니다. 그래서 전 무림에 본보기를 보여야 소문이 수그러들 겁니다."

"그렇겠지."

당청의 손가락이 다탁 위로 움직였다.

탁, 탁!

그의 손은 멈추지 않고 한동안 듣기 거북한 소음을 만들어 냈다.

검지를 주기적으로 두들기며 생각에 잠겨 있던 당청의 손가락이 멈춘 것은 당황이 답답함을 참지 못하고 먼저 말을 꺼내려는 순간이었다.

그의 얼굴은 어느 샌가 예전의 그 여유 있는 표정으로 되돌아와 있었다.

"할 수 없군. 죽이는 걸로 하지. 대신 확실하게 끝장내도록 해!"

장원을 에워싼 채 다짜고짜 공격해 들어오는 당문 신풍단의 공격은 치밀하고도 강력했다.

뇌전의 위력은 정말 대단해서 방어진을 형성한 채 전력으로 비화를 펼친 후에야 막아낼 수 있었다.

뇌전에는 한 번의 발사에 오십 개의 강침이 들어 있었는데 그 속도가 너무 빨라 육안으로 확인할 수 없었다. 위력 또한 대단해서 일류고수들조차 제대로 방어가 어려울 정도였다.

당문의 무서움은 바로 이런 것이었다.

반격을 허락하지 않을 정도의 암기 체계를 지녔으니 상대하기가 무척 까다롭고 난해해 전력을 다하고 나서야 방어가 가능했다.

하지만 공격만 당하고 있을 수는 없었다.

변명을 할 새도 없고 그럴 상황도 아니었다.

그랬기에 운곡은 사제들을 이끌고 번개처럼 빠르게 장원을 둘러싼 신풍단의 포위망을 뚫었다.

검에는 눈이 없다고 한다.

죽이면 안 된다는 것을 뻔히 알면서도 위기의 순간이 닥치면 본능이 작동하는 걸 막을 수 없었다.

그렇게 용화까지 후퇴하면서 패나 많은 수의 당문 무인을 죽이고 말았다.

그들이 신풍단을 마주친 미추에서 용화까지의 거리는 삼십 리가 넘는다.

당문의 추격을 벗어나기 위해서는 망산으로 들어가는 것이 최선의 방법이었다. 그러나 구룡단과 무풍팔사가 마룡단과 함께 그들을 따라오면서 산으로의 진입을 저지했기에 운곡은 풍운대를 이끌고 용화로 이동할 수밖에 없었다.

칠절문은 철저히 풍운대를 고립시키는 작전을 펴고 있었다.

뻔히 보이는 의도.

풍운대를 당문과 충돌시켜 사천에서의 싸움을 혼전으로 이끌려는 전략이다.

이해가 되지 않는 것은 당문의 태도였다.

당문 정도라면 칠절문의 의도가 뭔지 충분히 알았을 테고, 미추지부의 일도 점창이 한 짓이 아님을 짐작했을 것이다. 그런데 오히려 추격을 강화하며 집요하게 공격해 오고 있었다.

벌써 여섯 번의 충돌로 입고 있는 흑의는 피가 묻어 번들거리고 여기저기 찢겨져 보기 흉하게 벌어졌다.

"사형, 당문 영역을 벗어나려면 삼십 리를 더 가야 합니다. 어쩌시겠습니까?"

"망산을 말하는 것이냐?"

"그렇습니다."

"둘째 사형, 망산으로 가면 안 됩니다. 앞뒤로 협공을 받게 되면 그야말로 벗어날 방법이 없습니다."

운검이 결정하자는 얼굴로 운곡을 쳐다보자 대신 운몽이 나서며 말렸다.

그는 왼쪽 팔이 길게 찢겨져 있었는데 상처를 입었는지 옷을 찢어 동여맨 상태였다.

"그래서 초현으로 가자고?"

"어쩔 수 없습니다."

"운몽, 지금까지는 당문의 주력이 나타나지 않았다. 하지만 앞으로 당문의 주력이 나서게 된다면 지금보다 훨씬 위험해질 거야. 차라리 망산을 지키는 놈들을 뚫는 게 쉬울 수도 있다."

"그렇지 않습니다. 우리는 초현까지 가지 않아도 될지 모릅니다."

"무슨 말이냐?"

"청문 사숙이 학경에서 감락으로 이동 중이란 걸 잊으셨습니까. 하루가 지났으니 아마 청문 사숙께서는 우리 소식을 들었을 겁니다."

"청문 사숙이 우릴 구하러 온다는 뜻이냐?"

"제 생각은 그렇습니다."

워낙 명석한 운몽이기에 나머지 사람들은 그의 말을 듣는 순간 표정이 굳어졌다.

만약 그의 말대로 이루어진다면 안전하게 몸을 빼낼 수 있을 테지만 당문과의 관계는 돌이킬 수 없는 지경까지 이르게 된다.

칠절문과의 전쟁이 끝나지 않은 마당에 당문과의 전면 충돌이라니.

새삼 답답한 심정이 되어 모두가 입을 닫았을 때 좌측 능선으로 삼십여 명의 백색무인이 마치 구름처럼 넘어왔다.

표홀(飄忽). 그들의 신법은 그야말로 미풍처럼 부드럽고 독수리처럼 빨라 순식간에 십 장 안으로 단축해 들어왔다.

머리에서 발끝까지 백색으로 치장된 사내들.

운곡은 그들이 전면에 나타나 자신들을 막아오자 길고 긴 신음을 흘려냈다.

어쩐지 갑자기 추격해 오는 자들이 없다고 했다.

혹시 당문의 사정이 변한 게 아닌가 하는 기대도 했으나 나타난 사내들을 확인하자 당문의 의지를 새삼 알게 되었다.

천뢰삼십이수(天雷三十二手).

당문을 사천의 반석에 올려놓은 최정예 무인.

그들이 펼치는 금룡편법(金龍鞭法)과 연환십이참(連環十二斬)은 무림의 일절로 꼽힐 만큼 강력하다.

사천에서는 그들을 사신이라 불렀고, 실질적으로 그들과 부딪쳐 살아난 자는 없었다.

천뢰삼십이수를 보낸 것은 풍운대를 반드시 죽이겠다는

당문의 의지를 나타내는 것이었다.

감락으로 이동하던 청문자의 부대는 천중산에서 멈추었다.

그동안 열두 차례의 기습으로 인해 점창 무인들은 제대로 잠조차 자지 못했지만 안광은 아직까지 시퍼렇게 살아 있었다.

그 열두 차례의 공격에서 칠절문은 오십여 명의 시신을 남겨두고 도주했다.

"천수 이놈!"

"사숙, 고정하십시오."

운청으로부터 풍운대의 소식을 들은 청문자는 자리를 박차고 일어나며 몸을 부르르 떨었다.

설상가상이라더니 꼭 이 짝이다.

운호를 찾기 위해 급히 남하를 시켰더니 풍운대 전체가 위험에 빠지고 말았다.

더군다나 그것이 모두 칠절문의 모사꾼인 천수에게서 비롯되었다고 생각하니 저절로 이가 갈렸다.

"정말 대단한 자다. 지형과 이동 속도까지 감안한 모양이구나."

"기다렸다는 듯 천지사방에 소문을 뿌리고 있습니다."

운청이 여전히 자리에 앉은 채 말을 받았다.

풍운대의 소식은 연신 지급으로 날아들고 있는 중이었다.

전서구를 날릴 새도 없이 쫓기고 있었으나 워낙 들불처럼 소문이 퍼졌고, 신응들이 수시로 정보를 보내와 풍운대의 움직임은 실시간으로 보고되는 상태였다.

그래서 더욱 천수가 대단하다.

청문자는 새삼 천수의 귀계에 탄식을 터뜨리며 깊고 깊은 고민 속으로 빠져들었다.

감락에서 지금 풍운대가 쫓기는 것으로 추정되는 용화까지는 사십 리에 불과했다. 마음만 먹으면 언제든지 달려갈 수 있는 거리.

아주 당문과 싸우라고 돗자리를 깔아놓은 것처럼 천수는 완벽한 계책을 선보이고 있었다. 명예를 먹고사는 가문이 당문이다. 이 정도의 소문이 퍼졌으니 당문은 절대 멈추지 않을 것이다.

그러나 그것은 당문뿐만 아니라 점창도 마찬가지였기에 청문자는 한동안 말을 꺼내지 못하고 장고에 장고를 거듭했다.

청문자가 결심한 듯 다시 입을 연 것은 운청이 긴장감을 풀기 위해 혀로 입술을 적실 때였다.

"운청!"

"예, 사숙."

"진로를 용화로 바꾼다."

"가실 생각이십니까?"

"풍운대는 점창의 목숨이다. 그 아이들은 반드시 구해내야 된다."

"칠절문은 어쩌고요?"

"용화 일이 먼저다."

"사숙, 지금 우리가 그쪽으로 빠지면 일대와 삼대가 위험해질 수도 있습니다."

"견디기를 바라야겠지. 사형들은 충분히 버틸 수 있을 거라 믿는다."

백색무인 천뢰삼십이수는 십 장 앞에서 멈춘 채 움직이지 않고 오직 한 명이 풍운대를 향해 다가왔다.

"몰골이 말이 아니군. 도망치느라 고생이 많다."

"그대는 누군가?"

"당호."

"육혼(戮魂)?"

"들어본 모양이군."

"물론. 꽤 유명하잖아."

운곡은 사내의 얼굴에서 시선을 떼지 않고 한참을 바라봤다.

육혼 당호.

당문의 미래라고 불리는 칠룡 중의 하나로 천뢰삼십이수를 이끄는 무인이다.

들리는 소문에는 그가 사천오흉을 칠십여 초 만에 격살했다고 전해진다.

사천을 벌벌 떨게 만들었던 인간사냥꾼 사천오흉은 절정

에 근접한 무력으로 삼 년 전부터 온갖 나쁜 짓을 하며 사천을 휘저어 사람들에게 공포의 대상이 된 자들이다.

사천오흉을 처치한 그의 명성은 중천에 뜬 해처럼 화려하게 피어올랐다.

하지만 그는 운곡의 말과 시선을 받고도 풀썩 웃을 뿐이다.

"자네가 이들을 이끄는 모양이지. 이름이 뭔가?"

"운곡."

"못 들어본 이름이네."

"처음 나왔으니까."

"초출이었군. 그런데 뭣 하러 여기까지 와서 지랄을 했어. 나오자마자 죽으면 더 아픈데?"

"쫓기느라 변명도 못 했다. 물론 우리가 백날 얘기해 봤자 듣지도 않았을 테지만 말이야. 그래도 궁금한 건 물어봐야겠다. 전부 돌대가리만 있는 건 아닐 테고, 당문이 이러는 이유가 뭐냐?"

"웃기지?"

"웃긴다."

"나도 웃겨. 하지만 말이야, 세상은 가끔 가다 웃긴 일도 해야 되는데 너희를 잡는 게 바로 그런 것 중에 하나다."

"말을 빙빙 돌리는군. 버릇이냐?"

"버릇이라기보단 뭐랄까, 죄 없는 놈들을 죽이려니 조금 양심의 가책을 받았다고 할까. 그래도 다행이야. 오면서 우리

식솔을 꽤 죽였다면서?"

"크큭, 넌 꽤 재밌는 자로구나."

"애송이, 금방 끝날 거다. 아프지 않게 죽여줄 테니까 너무 겁내지 마라."

"너희만 왔나?"

"내가 우리만 간다고 했다. 너희 정도 잡는데 같이 오면 거추장스러울 것 같아서. 왜, 부족한 것 같아?"

"당호, 우릴 그냥 보내주는 건 어때?"

"보내주지. 대신 목은 내려놓고 가라."

"여기서 끝을 봐야 된다는 뜻이구나."

"물론."

"쯧쯧, 그렇다면 뒤에 있는 놈들도 가까이 오라고 그래."

"왜?"

"어차피 이리 된 거, 너뿐만 아니라 모두에게 말해줘야겠다."

"뭘?"

"우리가 누군지는 알아야 편히 죽을 거 아니냐?"

"크크큭, 정말 웃긴 놈이로고. 하긴 뭐 하는 놈들인지 궁금하기도 했다. 그래, 묻자. 너희 정체가 뭐냐?"

"풍운대!"

6장

용화의 피바람

　당호의 손이 들리자 천뢰삼십이수의 신형이 팔방을 점유하며 풍운대를 향해 다가왔다.

　풍운대가 움직인 것도 그와 비슷했다.

　천뢰삼십이수의 이대절기 중 하나인 연환십이참은 당문이 자랑하는 폭우이화정(暴雨梨花釘)을 이용한 암기술로, 거리가 일 장만 확보되어도 시전이 가능하다고 알려진 절기 중의 절기다.

　더군다나 합격을 할 경우 그 위력이 몇 배로 증가하기 때문에 포위되는 순간 벗어날 길이 없게 만드는 공포의 암기술이 바로 연환십이참이었다.

그랬기에 운곡을 비롯한 풍운대는 천뢰삼십이수가 움직이자 즉시 그들 사이로 파고들며 혼전을 유도했다.

포위를 당해서도 안 되고 거리를 벌려서도 안 된다.

한 명당 다섯.

단순한 숫자로 계산해도 일 대 오의 싸움이다.

더군다나 천뢰삼십이수가 꺼내 든 금룡편은 거의 반 장에 가까운 길이를 가졌기 때문에 풍운대의 의도와는 다르게 거리가 자꾸 벌어졌다.

금룡편은 손으로 쥐는 부분과 쇠사슬로 연결된 금속 봉으로 이루어져 있고, 끝부분은 표창이 달려 있어 찌르는 역할도 할 수 있는 기형 병기다.

길이가 반 장에 달해서 장단 거리 공격이 모두 유효한데 공수의 기본이 되는 칠식(요, 자, 소, 대, 벽, 추, 절)의 활용이 모두 가능했다.

포위망을 피하고자 하던 풍운대의 의도를 천뢰수는 교묘하게 흘리며 다섯이 하나를 포위하는 진형으로 만들었다.

얼마나 수련하고 단련했으면 이리 자연스러울까.

그들의 움직임은 풍운대를 꿰뚫고 있는 것처럼 즉각적이고도 쾌속했다.

운검은 자신을 둘러싼 여섯 명의 천뢰수를 향해 선공을 가했다.

비록 포위는 당했지만 연환십이참(連環十二斬)의 공격에서는 자유스러울 수 있었으니 어느 정도 의도는 성공했다고 봐야 했다.

한꺼번에 포위를 당한 것과 이렇게 소규모로 갈라져 포위당한 것은 근본적으로 차이가 있다.

이런 진형에서는 공격하는 자와 당하는 자의 구분이 모호해 연환십이참을 사용하는 것이 극도로 어렵다.

그나마 다행스러운 일이었다.

금룡편을 꺼내 든 천뢰수의 기세가 날카롭게 전신을 압박해 왔다. 그대로 선 채 버티기가 힘들어 먼저 선공을 취했다.

선공의 묘리를 살리기보다는 기세의 압력에서 풀어내기 위해서이다.

섬전으로 전면에 선 셋을 한꺼번에 쓸어버리고, 후면에서 공격해 오는 자들의 금룡편을 월파로 마주했다.

파악!

한꺼번에 셋의 공격을 받아낸 운검의 신형이 휘청하며 두 발 물러섰다.

강하다.

운검의 내력이 아무리 정순하다 해도 절정에 근접한 천뢰수 셋을 한꺼번에 감당한다는 것은 분명 쉬운 일이 아니었다.

뒤로 물러섰던 운검의 검이 급격히 변하며 창천으로 바뀌었다.

최선을 다하지 않으면 당할 가능성이 있었다.

그리고 금방 경험한 것처럼 내력으로 맞서다가는 낭패를 보기 십상이니 사일의 현묘함으로 상대하는 것이 바람직했다.

낙영, 비화, 무영이 운검의 검에서 끝없이 연환되며 천뢰수의 공격을 제치고 뿌리쳤다.

천뢰수는 이인 합격으로 순차적인 공격을 했으나 창천의 연환을 파훼하지 못하자 금룡편을 회전시키며 방위를 바꾸었다.

윙, 윙!

금룡편이 울기 시작했다.

더불어 회전하던 금룡편의 표창에서 은은한 광채가 흘러나왔다.

편기의 발현.

지금까지의 공격은 맛보기에 지나지 않았다는 듯 천뢰수는 편기를 꺼내 들며 운검을 향해 교차 합격진을 가동시켰다.

정신없이 몰아치는 금룡편이 마치 창처럼 운검을 향해 쏘아져 들어왔다.

칠식의 묘를 다 가졌다 해도 금룡편은 유를 기본으로 하는 병기였는데 천뢰수가 내력을 주입하자 금룡편은 방패가 되고 창이 되었다.

운검은 천뢰수가 편기를 꺼내 들자 즉시 검에 내력을 가중시켰다.

그동안 여러 차례 격전을 치렀고 앞으로도 얼마만큼 힘든 싸움을 할지 알 수 없기에 최대한 내력을 아끼려 했으나 편기까지 발현되었으니 검기를 꺼내지 않을 수 없었다.

일 대 다수의 싸움은 언제나 힘든 법이다.

월등한 무력을 지니지 않으면 점점 몰리다가 목숨을 잃게 된다.

일수일퇴의 공방전이 아니라 수세 위주의 싸움.

그러면서 조금씩 얻게 되는 상처, 그리고 피.

운검의 몸에서 금룡편에 스친 상처들이 벌어지며 피가 새어 나오기 시작했다.

직접적으로 당한 것이 아니었음에도 내력이 담긴 천고의 병기 금룡편의 예기는 스쳐 지나며 운검의 전신에 상처를 남겼다.

자신의 몸에서 흐르는 피를 보자 운검의 이가 저절로 악물려졌다.

가급적 죽이지 말라는 운곡 사형의 전음을 들었다.

천뢰삼십이수는 당문의 주력 부대 중 하나이니 이들을 죽인다는 건 당문과 돌아올 수 없는 다리를 건너는 것과 마찬가지였다.

그랬기에 견딜 수 있을 때까지 견딜 생각이었다. 두세 번의 기회가 있었음에도 선뜻 검이 나가지 못한 것은 그런 이유 때문이다.

하지만 점점 강해지는 적의 공격을 태산과 창천만 가지고 받아들이기에는 위험 부담이 너무 컸다.

더군다나 원형으로 돌던 천뢰수의 금룡편이 사선을 가로지르며 귀곡성을 흘려내기 시작했다.

초식의 변화.

한 번도 본 적이 없지만 적들의 눈에서, 그리고 금룡편이 뿜어내는 살기에서 지금 펼치려는 초식이 얼마나 위험한지 충분히 느낄 수 있었기에 운검은 결국 분광을 꺼냈다.

때를 맞추어 기회를 노리던 천뢰수의 신형이 공중으로 도약했다. 그리고 운검을 향해 일거에 금룡편을 내리꽂았다.

유성이 떨어지는 것처럼 오색영롱한 편기가 운검의 몸을 뒤덮으며 사방에서 귀신 울음소리가 울려 나왔다.

바로 금룡편법의 마지막 초식 유성망이었다.

천뢰수를 사천에서 강자 중의 강자로 만들어낸 비기.

한 번도 져본 적이 없는 천뢰수의 자존심이었다.

연환십이참을 꺼내지 않고 금룡편을 꺼낸 이유는 반드시 이길 수 있다는 자신감 때문이었을지도 모른다.

그러나 그 유성망이 천뢰수의 운명을 나락으로 떨어뜨려버렸다.

연환십이참까지 동원되었다면 이 싸움은 훨씬 흉험하게 전개되었을지 모른다. 그러나 천뢰수가 펼친 유성망은, 팔방을 점유하며 강력한 산파를 만들어낸 분광에 의해 철저히 유린되며 깨져 나갔다.

유성의 그물이 조각조각 잘려진 것은 불과 이십 초가 지나지 않아서였다.

사지가 잘리진 않았으나 여섯의 천뢰수는 바닥에 누워 애끓는 신음 소리를 내고 있었다.

그러면서도 그들의 눈은 믿을 수 없는 것을 본 충격으로 인해 찢어질 듯 커져 있었다.

천뢰삼십이수의 수장 당호는 손을 들어 공격 명령을 내린 후 풍운대를 보며 풀썩 웃었다.

'새끼들, 어디서 얻어 들은 건 있어 가지고.'

하기야 그대로 포위당한 채 연환십이참의 공격을 당했다면 고슴도치가 되어 검조차 휘둘러 보지 못하고 죽었을 것이다.

무인으로 자라오면서 점창에 대한 이야기는 그리 많이 들어보지 못했다.

칠절문 따위에게 수모를 당하는 문파에 대해 가문의 어른들은 그저 쓴웃음만 지은 채 상세한 설명을 해주지 않았다.

그럼에도 점창에 대한 소문은 사천 곳곳에서 찾아볼 수 있어 지식은 대충 가지고 있었다.

일문의 장로라는 자가 칠절문의 일개 대주와 비슷한 실력을 지닌 무인에게 패했다는 소릴 듣고 얼마나 웃었는지 모른다.

칠절문 대주 수준의 무인은 당문에 쎄고 쎘다.

대충 꼽는다 하더라도 팔십은 훌쩍 넘고, 절정을 뛰어넘은 고수도 서른은 가볍게 넘는다.

재밌는 사실.

얼마나 하찮은 문파길래 장로의 수준이 그 정도밖에 되지 않는단 말인가.

그 소리를 들었을 때 웃음이 났지만 한편으론 동정심이 들기도 했다.

문파의 몰락은 의외로 쉽게 나타나는 모양이다.

점창이 복수를 한답시고 산에서 내려왔다는 소리를 들은 것은 이틀 전의 일이다.

먼저 검을 뽑았단다.

쥐도 막다른 길에 몰리면 고양이에게 대든다고 들었는데 꼭 그와 같은 상황이라 생각했다.

무인으로서의 명예를 지키기 위해 목숨을 버리는 결정을 한 자들이 과연 누구인지 알아보고 싶을 정도로 점창의 행사는 이해가 되지 않았다.

저기 멀대 같은 놈이 자신들을 풍운대라고 불렀던가.

이름은 좋다. 풍운대.

하지만 그것뿐, 자신의 눈에는 하룻강아지로밖에 보이지

않았다.

접근하면서 포위망을 구축하지 않은 것도, 연환십이참을 포기하고 금룡편법으로 상대한 것도 무조건 이긴다는 자신감이 있었기 때문이다.

놈들이 격파했다는 칠전문 세 개 지부와, 용화까지 도주하면서 상대한 당문의 전위부대는 상대조차 되지 않는다.

그랬기에 당호는 다섯씩 짝을 진 천뢰수가 풍운대를 갈라놓은 채 공격하는 것을 여유 있게 지켜봤다.

금룡편에 의해 여기저기 상처를 입고 피를 흘리는 풍운대의 모습은 사냥에 걸린 짐승처럼 보였다.

당장 육신이 잘려 죽는다 해도 전혀 이상할 게 없을 정도의 일방적인 공격이었다.

전황이 바뀐 것은, 여기저기를 둘러보며 외원당주 당추에게 보고할 내용들을 정리했을 때다.

늘 있는 일이지만 훌륭하게 임무를 완수한 그에게 숙부이신 당추는 기분 좋은 격려와 칭찬을 아끼지 않을 것이다.

콰앙!

동시다발적인 빛 무리의 향연.

일방적으로 몰리던 풍운대가 누가 먼저랄 것도 없이 폭발적인 검기를 뿜어내며 진격하는 것이 보였다.

일방적인 검기가 아니라 빛의 산란, 즉 검기의 물결이 전장을 온통 휩쓸고 있었다.

자신을 뺀 서른하나의 천뢰수가 모두 바닥에 쓰러진 채 고통에 겨운 신음을 지른 것은 불과 일각 만에 벌어진 일이었다.

믿기지가 않아 한동안 움직이지 못했다.

어떻게 이런 일이 생길 수 있단 말인가!

"이봐, 당호."

"으……."

운곡이 넋 나간 얼굴로 서 있는 당호를 부르자 그의 입에서 비명과 같은 신음이 흘러나왔다.

당호는 거의 제정신이 아닌 것처럼 보였다.

그럼에도 운곡은 빤히 그의 얼굴을 바라보며 계속해서 말을 이었다.

"몇몇은 빨리 조치하지 않으면 죽을지도 모른다. 서둘러야 될 거다."

"죽어? 죽는다고?"

"정신 차려! 애들 죽이지 말고."

"지금까지 실력을 숨겼단 말이지?"

"일부러 숨겼겠나. 꺼낼 필요가 없었을 뿐이다."

"운곡!"

"말하라."

"너는 내가 그냥 돌아갈 수 있다고 생각해?"

"죽겠다는 거냐?"

"너라면 그냥 가겠나?"

"사제들이 저런 꼴이라면 나는 무조건 그냥 간다."

"흐, 그것도 맞는 말이군. 하지만… 난 그냥 못 간다."

"왜지?"

"너희를 우습게본 나로 인해, 멍청한 수장을 둔 탓에 내 수하들은 진짜 실력조차 꺼내보지 못했다. 운곡, 수하들을 살려줘서 고맙지만 천뢰수의 명예를 위해 나는 너에게 연환십이참을 써야겠다. 받아줄 테냐?"

"무서운 암기라고 들었지. 하지만 받아주마. 너희가 왜 졌는지 똑똑히 가르쳐 주겠다. 운검!"

"예, 사형."

"사제들과 뒤로 물러나라!"

좌우로 도열되어 있던 사제들이 대사형인 운곡의 말에 천천히 뒤로 물러났다.

풍운대는 대부분 전신에 상처를 입고 있었는데 피가 새어 나와 옷이 흠뻑 젖어 있었다.

뒤로 물러나는 그들의 모습은 마치 혈인을 보는 것 같아 운곡의 눈이 붉게 충혈되었다.

'덤벼라, 당호. 너만 가슴 아픈 게 아니다!'

당호는 천천히 걸어 천뢰수가 쓰러져 있는 범위를 벗어나 운곡을 기다렸다.

폭우이화정은 만년한철을 오랫동안 담금질해서 만든 작은 송곳이라고 보면 어느 정도 이해가 될 것이다.

문제는 당문 비전으로 중간에 방향을 제어하는 홈과 문양을 새겨 넣었고, 삼양귀원공(三陽歸元功)의 내력을 사용해서 연환십이참을 가동시킨다는 데 있다.

천고의 절학 연환십이참.

열두 번의 초식.

검이나 도처럼 암기술도 초식이 있다. 연환십이참은 열두 개의 초식이 있었고, 당호는 그중 다섯을 한꺼번에 사용할 수 있는 능력을 지녔다.

연환십이참의 마지막 초식은 지금도 무림에 전설로 전해 내려오는 만천화우(滿天花雨)였다.

열하나의 초식을 한꺼번에 연환함으로써 온 세상을 비와 꽃으로 덮어버린다는 만천화우는 당문의 역사상 단 셋만이 터득했다고 알려져 있다.

현 당가주인 당청이 아홉 초식을 연환할 수 있다고 하니 당호의 연환십이참은 당가에서도 손에 꼽힐 정도로 대단한 것이다.

엄청난 빗방울이 한꺼번에 떨어져 내리는 것처럼 보인다고 해서 폭우이화정이라는 이름으로 불린 암기가 당호의 품에서 천천히 꺼내졌다.

아니다. 왼손은 품이었는데 오른손은 허리춤에서 나왔다.

전혀 보이지 않던 폭우이화정은 당호의 손에 들리자 보검의 칼날처럼 번뜩이며 살기를 뿜어냈다.

당호는 주저하지 않았다.

상처를 입고 신음을 흘리는 수하들의 존재가 그를 서두르도록 만들고 있었다.

단 한 번의 승부로 끝장을 본다.

폭우이화정을 쥔 왼손이 아래에서 위로 향하며 운곡을 향해 뻗어 나갔고, 뒤이어 좌로 세 발자국 이동시킨 오른손이 사선으로 튕겨졌다.

그러나 그것은 시작에 불과했다.

불가능을 가능으로 바꾸는 몸짓.

사람의 몸이 얼마나 유연하게 바뀔 수 있는지 보여주기라도 하듯 당호는 온몸을 기묘하게 꺾으며 연달아 폭우이화정을 날렸다.

똑같은 방향이 없었고, 일직선으로 움직이지 않았다.

좌우, 그리고 공중과 후면이 온통 폭우이화정으로 덮였다. 그야말로 천지사방에서 쇄도해 들어와 운곡의 모습이 보이지 않을 지경이다.

셀 수 없을 정도의 숫자.

사람의 고막을 격렬하게 자극하는 소음, 그리고 시퍼런 빛으로 변한 흉기의 비상.

절체절명의 위기.

운곡의 몸이 회전하며 바람을 일으키기 시작한 것은 폭우이화정이 그의 몸에 무서운 속도로 틀어박히기 시작할 때였다.

윙, 윙, 윙!

바람은 그냥 바람이 아니라 회전하는 검기의 바람이었다.

바람은 검이 가는 대로 따르며 회전을 일으켰다.

찌르고 베어도 회전했고, 진격하거나 후퇴할 때도 여지없이 폭우이화정과 부딪쳤다.

무적의 검초 회풍(回風).

세상에 처음으로 나온 무적의 검초 회풍이 폭우이화정을 먼지로 만들며 허공으로 날려 버리고 있다.

저녁 식사를 일찍 마친 운호는 또다시 천룡무상심법에 빠져들었다.

오후의 심법 운용으로 상처의 살이 붙을 걸 확인했고 통증의 강도가 훨씬 완화된 것을 느꼈기에 밤이 되자 작정하고 심법을 돌렸다.

또다시 망아의 세계로 들어선 것은 이주천이 끝나고 돌아온 진기를 전신으로 휘돌렸을 때다.

세상이 자신이었고, 자신이 세상이었다.

혈도 하나에 인간의 삶이 있었고, 내력이 흘러가는 길을 따라 세상만사가 변하며 움직였다.

시간의 흐름을 잊었고, 자신의 존재를 잊었다.

인간의 오욕마저 느끼지 못한 채 완벽한 방관자가 되어 인간과 세상을 관조했다.

무념무상(無念無想).

시간과 공간이 압축되고 물질이 소멸되며, 의지와 감성이 하나가 되어 의미를 상실했다. 이것이 인간의 세계인지 신의 세계인지 구분되지 않는다.

운호의 몸에서 은은한 금광이 생성되기 시작한 것은, 단전의 내공이 대해의 도도한 흐름처럼 흘러 강간에 도달했을 때다.

무아의 경지에서 일어난 일이기에 운호는 자각하지 못했다. 그러나 몸에 흐르는 내력은 가히 노도와 같이 강간을 지속적으로 자극하고 있었다.

오룡봉성(五龍奉聖).

천룡무상심법을 극성으로 익히게 되면 다섯 마리의 금룡이 온몸을 감싼다고 하는데 천하제일고수 만천자는 그것을 오룡봉성이라 칭했다.

운호의 몸에서 발생한 금빛은 희미해 용의 형상인지 알 수 없었으나 지금까지 없던 형상의 변화는 내력이 또 다른 경지에 도달했다는 것을 알려주었다.

당운영이 들어온 것은 운호가 심법 운용을 마치고 들숨과 날숨을 조절하고 있을 때였다.

그녀는 한동안 방 안을 확인할 뿐 입을 열지 않았는데 뭔가를 찾는 기색이었다.

"왜 그러시오?"

"방 안에서 금빛이 흘러나온다고 해서 급히 왔는데 아무 일도 없네요?"

"금빛이라니요?"

"아영이가 차를 드리러 왔다가 놀라서 저한테 왔어요. 불이 난 것처럼 방이 환하다고."

아영은 운호를 시중들어 주는 시녀의 이름이다.

그녀는 운호의 몸에서 흘러나온 정체 모를 빛에 놀라 당운영을 찾았던 모양이다.

하지만 몸의 변화를 모르는 운호는 장난이라 치부하고 맑게 웃었다.

"그렇다면 불에 타 죽을 뻔했다는 건데, 그것참. 내가 운이 좋은 모양이오. 위기 때마다 누군가가 구해주니 말이오. 그런데 혹시 누가 불을 껐는지 알 수 있겠소?"

"그걸 농담이라고 하세요? 아우, 추워!"

"재미없었던 모양이네."

"당연하죠."

"흠, 미안하오."

고리눈을 뜨는 당운영을 향해 운호가 입맛을 다셨다.

오랜만에 재치를 발휘했지만 전혀 통하지 않자 애꿎은 오른팔을 휘휘 돌리며 무안함을 감췄다.

삼 일을 꼬박 괴롭히던 상처는 오른팔을 그렇게 돌려도 약간의 뻑뻑함만 느껴질 뿐이었다. 운호는 곧이어 왼팔도 씩씩하게 움직였다.

그걸 본 당운영이 급히 다가왔다.

"괜찮아요?"

"아프지 않는 걸 보니 다 나은 모양이오."

"어디 봐요."

당운영은 본능적으로 몸을 뒤로 물리는 운호의 허벅지를 딱 소리 나게 때린 후 즉시 붕대를 풀기 시작했다.

상처를 확인한 그녀의 입이 떡 벌어져 다물어지지 않았다.

"도대체 이게……?"

"왜 그러오?"

"상처가 거의 아물었어요."

"고맙소. 다 소저 덕분이오."

"내가 의원은 아니지만 상처를 입은 사람은 수도 없이 봤어요. 소협이 입은 상처는 무조건 삼 개월은 요양해야 될 만큼 컸단 말이에요. 그런데 삼 일 만에 완쾌되었으니 이걸 어떻게 해석해야 될지 모르겠어요. 정말 놀라운 일이에요."

"저번에도 말했지만 당문의 비전이라는 활인고의 효능과

소저의 정성 어린 간호가 합해져서 생각보다 훨씬 빨리 완쾌된 거 아니겠소."

"그런 건 절대 아니라고 했잖아요!"

"왜 소리는 지르시오."

"이건 절대 일어날 수 없는 일이에요. 이리 와봐요. 자세히 봐야겠어요."

"소저, 내가 웬만하면 말하지 않으려고 했는데, 시집도 안 간 처녀가 남자의 속살을 자꾸 보려고 하니 참으로 난감하오. 다 나은 상처를 자꾸 보려는 이유가 뭐요? 혹시 날 좋아하는 거요?"

"뭐라고요?"

"어떻소. 이번 농담은 괜찮았소?"

"참나, 기가 막혀서."

상처를 확인하려던 당운영의 손이 슬그머니 내려왔다.

슬쩍 붉어진 얼굴.

운호를 째려보는 의미 있는 눈길이 어우러져 묘한 분위기가 일어났다.

농담이 이상한 분위기를 만들자 운호는 한동안 말을 꺼내지 못했다.

참 이상하다.

잘만 받아주던 농담인데 갑자기 신경질을 내니 어쩔 줄 몰라 시선을 고정시키지 못했다.

다행스럽게도 먼저 입을 열어준 것은 당운영이었다.

"앞으로 공부 좀 해야겠어요. 내가 착해서 참는 거지, 다른 여자 같았으면 크게 화냈을 거라고요."

"그 정도로 잘못한 일이오? 그렇다면 또 미안하오. 앞으로 그런 농담은 절대 안 하리다."

"훗, 그렇게 해요."

운호가 정중하게 허리를 숙여 사과하자 당운영의 얼굴에 웃음이 떠올랐다.

언제 봐도 그녀의 웃음은 봄꽃처럼 환해서 자신도 모르게 같은 웃음을 짓도록 만든다.

아마 그녀는 일부러 화난 표정을 짓고 있었던 모양이다.

운호의 입이 다시 열린 것은 그녀의 웃음이 얼굴에서 사라져 갈 때였다.

"소저, 내일 날이 밝는 대로 길을 떠나려 하오."

"내일 아침에요?"

"너무 늦어서 마음이 급하군요. 내일 일찍 떠날 테니 얼굴을 보지 못하더라도 이해해 주시오. 내 소저에게 받은 은혜는 언젠가 반드시 갚도록 하겠소."

"사형들을 찾으러 가는 건가요?"

"그렇소."

운호의 대답에 당운영의 얼굴이 급속도로 굳어져 갔다.

언젠가 떠날 사람이었지만 이리 급하게 떠난다 하니 아쉬움에 가슴이 저려왔다.

그랬기에 괜한 심술이 일어났다.

"상처가 다 나았으니 말릴 수도 없겠네요. 내겐 그럴 자격
도 없으니 소협 하시고 싶은 대로 하세요."

"소저, 무슨 그런 말씀을……."

"맞는 말이잖아요. 우린 아무런 사이도 아니니까. 그냥 상
처를 치료해 준 여자에 불과한 거 아닌가요?"

"소저, 어디에 가든 소저가 나에게 보여준 정성을 잊지 못
할 것이오. 진정으로 고맙게 생각하고 있소. 그러니 그렇게
냉정한 말은 하지 마시오."

"그저 고마운 여자란 말이죠?"

"아니… 그것이……."

"그럼 뭐 다른 거라도 있나요?"

"있소."

"그게 뭐죠?"

뜻밖의 대답에 당운영의 눈이 별처럼 반짝반짝 빛났다.

기대하지 않았는데 운호가 단호하게 말을 받자 순식간에
온몸이 얼어붙는 것 같은 긴장감을 느꼈다.

그러나 운호의 대답은 그런 기대를 단숨에 무너뜨리고 말
았다.

"그건 가르쳐 드릴 수 없소."

아침 일찍 떠나는 운호의 뒷모습을 당운영은 기둥 뒤에 숨어서 지켜봤다.

어젯밤.

상처를 마지막으로 확인하기 위해 운호에게 찾아갔던 그녀는 방 밖으로 뿜어져 나오는 금빛을 확인하고는 너무 놀라 입을 다물지 못했다.

내력의 유형화가 분명했기 때문이다.

자신을 가르친 당화걸 사조는 절대고수의 반열에 든 무인은 내공을 운용할 때 유형화한 기운이 외부로 유출된다고 말해주었다. 또한 내력의 운용이 절정에 달할 때 외부의 방해를 받으면 시전자나 방해자 모두 죽음을 면치 못한다고 들었다.

그랬기에 당운영은 원인도 모른 채 일단 운호의 안위를 위해 방문을 가로막고 꼼짝하지 않았다.

수많은 생각이 떠올랐다 사라져 갔다.

도대체 어떻게 운호가 유형기를 만들어낼 수 있단 말인가.

기껏 칠절문의 유령단에 당해 죽을 뻔한 운호이다. 자신의 눈으로 직접 확인해 봤지만 운호의 내력은 일천한 수준에 불과했기에 더욱 이해할 수 없었다.

한 시진 동안 방문을 지키며 온갖 상상과 추측을 했으나 끝끝내 답을 얻지 못했다. 그녀는 자신의 의문을 운호에게 묻지 않고 돌아섰다.

묻고 싶지 않았다.

운호가 점창 사람이란 걸 안다는 사실조차 숨겼고, 자신의 감정이 생각보다 훨씬 깊다는 것도 숨겼다.

아무리 무가에서 자란 무인이라 해도 그녀는 남자 한 번 사귀어보지 않은 처녀이다.

남자의 속살은 본 적도 없고 보고 싶지도 않았다.

그런데 무려 삼 일간이나 운호의 몸을 수시로 보고 만졌다.

감정의 파고는 생각보다 깊어 운호의 방을 나설 때마다 다시 들어가고 싶다는 생각이 치솟았다. 그 마음을 달래느라 걸음을 서두르곤 했다.

처음의 호기심은 표현하지 못할 감정이 되어 그녀의 가슴을 들끓게 만들었다.

언제 다시 돌아오라는 말도 하지 않았고, 약속을 지키라는 강요도 하지 않았다.

처음부터 잘못되어 가는 인연을 생각하며 그녀는 흘러나오는 눈물을 슬며시 닦아냈다.

어젯밤 운호의 방에 가기 직전 본가에서 긴급 소집령이 내려왔다.

칠비(七秘)의 소환령.

점창에 풍운대가 있다면 당문에는 칠비가 있다.

칠비를 육성한 이래 한 번도 발동되지 않았던 지급 명령이 송환자를 통해 직접 내려왔다.

송환자의 입에서 흘러나온 사실은 진정으로 놀라운 것이

었다.

그 주체는 바로 점창의 풍운대.

바로 운호가 찾아가야 한다는 사람들이다.

용화로 향하고 있다는 풍운대의 위치를 당운영은 운호에게 가르쳐 주지 않았다.

칠비를 소집했다는 것은 점창의 풍운대를 상대키 위함이 분명했다.

다른 사람은 몰라도 운호가 다치는 것은 죽어도 보기 싫었다.

그래서 의빈으로 가는 것을 뻔히 알면서도 풍운대의 위치를 말해주지 않았다.

의빈과 풍운대가 있는 용화는 거의 이백 리의 차이가 있으니 싸움이 벌어지는 동안은 절대 용화로 돌아오지 못할 것이다.

하지만 그녀는 몰랐다.

그 작은 행동으로 인해 사천무림을 뒤흔들어 놓은 벽력이 탄생되었다는 사실을.

무림사의 한 획을 그어놓은 사천 횡단은 의빈으로부터 시작되었다.

"뭐라? 천뢰삼십이수가 당해?"

"생각보다 훨씬 강한 자들입니다. 점창에서 공을 들여 키운 자들인 것 같습니다."

"으… 당호는?"

"초현으로 후송시켰습니다. 목숨에는 지장이 없을 것 같습니다."

"그게 산 것이냐. 살아도 산 게 아니니 죽은 것이나 다름없다."

찻잔을 쥔 당청의 손이 부르르 떨렸다.

별것 아니라고 생각했는데 일이 점점 커지고 있었다.

그러나 그를 더욱 분노케 한 것은 당황의 다음 말이었다.

"가주님, 청문자가 이동을 해오고 있습니다."

"청문자가?"

"풍운대라는 놈들을 구할 생각인 모양입니다."

"이놈들이 정말 미친 게로구나!"

"일단 칠비를 용화로 불렀고, 환영각과 귀수대를 투입했습니다. 하지만 청문자는 점창제일이라 불리는 자입니다. 무정현의 싸움으로 봤을 때 점창은 예전과 확실하게 달라졌습니다."

"십이마령을 보내. 그리고 삼공도 투입시키고. 외원당주가 직접 지휘한다."

"외원당주가 간다면 잘 해결할 수 있을 겁니다."

"막내에게 전하라. 청문자가 끝까지 버티면 모두 죽여도 좋다고."

"문주님!"

"이제 빼도 박도 못하게 되었다. 사천이 우리를 지켜보고 있으니 어쩔 수 없단 말이다."

"…그리하겠습니다."

할 수 없다는 듯 당황이 부드러운 목소리로 말을 받았다. 당가주 당청이 그의 눈을 한참이나 지켜보다 찻잔을 들어 단숨에 비웠다.

그런 후 번뜩이는 안광을 슬며시 숨기며 입을 열었다.

"둘째야."

"예, 형님."

"우리 아버님께서는 당문이 사천조차 어쩌지 못하는 것을 한으로 살다가 돌아가셨다. 청성이란 존재를 어쩌지 못한 걸 두고두고 가슴 아파하셨지. 그런데 이제는 칠절문에 이어 점창까지 당문을 우습게본다. 내 마음이 어떨 것 같으냐?"

"형님 마음을 왜 모르겠습니까. 당문의 명예가 지키질 수 있도록 최선을 다할 테니 염려하지 마십시오."

천뢰삼십이수를 쓰러뜨린 풍운대는 전력으로 용화를 벗어나려 했지만 곧 걸음을 멈추어야 했다.

도대체 당문은 그들을 잡기 위해 얼마만큼의 전력을 투입했단 말인가.

능선을 넘어서자 백여 명의 흑객이 진로를 차단한 채 기다리고 있었는데 그들의 전면에는 세 명의 사내가 쌍단창을 들고 서 있었다.

흑객들의 복장은 당문의 주력 중 하나라는 흑철단(黑鐵團)을 나타내고 있었다.

그렇다면 전면에 선 세 사내는 흑철단을 이끄는 흑철삼극(黑鐵三極)이 분명했다.

갈수록 태산이라더니 풍운대가 처한 상황이 꼭 그 짝이었다.

흑철삼극은 당호와는 또 다른 수준의 절정고수였다.

운곡은 검을 재차 부여잡으며 좌우에 선 사제들을 확인했다.

사제들의 눈은 아직도 생생하게 살아 있었지만 몸은 상처로 인해 누더기가 되어 있었다.

시간을 끌면 끌수록 지옥으로 들어가는 길이 가까워진다.

그랬기에 운곡은 잇새로 끊듯이 말을 꺼냈다.

"운검, 길게 끌면 안 된다."

"알겠습니다."

"나머지도 잘 들어라. 끝장을 보려는 싸움이 아니다. 내 말 무슨 뜻인지 알겠지?"

"알고 있습니다."

"돌파한다. 운검, 운천은 나와 함께 흑철삼극을 막고 나머지는 곧장 놈들의 일자진 좌측을 뚫는다. 가자!"

"예, 사형."

혈로(血路).

피로 점철된 길.

수많은 적의 공격을 막아내며 풍운대는 다섯 개의 둔덕과 한 개의 개천을 지나 용화의 끝자락, 상운평에 도착했다.

"헉헉!"

누구 한 사람에게서 나오는 것이 아니라 모두의 입에서 흘러나온 거친 숨소리였다.

잠시도 쉬지 못한 채 두 시진을 버텼다.

이전에 입은 상처보다 더 많은 상처가 전신에 새겨졌고, 그 중 몇 개는 움직임을 힘들게 만들 정도로 컸다.

온몸에 피 칠을 한 풍운대는 마치 귀신처럼 보였다.

하지만 추적은 끝나지 않았고, 상운평의 중간에는 칠십여 명의 적객이 미동도 하지 않은 채 그들을 기다리는 중이었다.

왼팔에 국화가 새겨진 적색 무복은 당문의 본가를 지킨다는 귀수대를 나타내는 것이다.

운곡의 입에서 저절로 한숨이 새어 나왔다.

당문 본가를 지키기 위해 조직했다는 귀수대는 당문의 진력 중 최고의 무력을 자랑하는 부대로 알려져 있다.

"사형, 뚫습니까?"

운몽이 백여 장 뒤쪽에서 따라오는 흑철단을 힐끔 쳐다본 후 운곡의 생각을 물었다.

좌측 멀리서 보이는 적색의 신풍단도 불과 차 한 잔 마실 시간이면 충분히 따라잡을 것이다.

추적자까지 가세하면 더욱 위험해지기 때문에 즉각적인 결정이 필요했다.

"좌측으로 빠진다. 귀수대는 쌍통수전(雙筒袖箭)을 가지고 있다. 정면으로 부딪치면 위험해."

쌍통수전은 당문의 십대암기 중 하나로, 손목에 착용해서 화살을 연속으로 발사할 수 있게 고안된 특수 병기였다.

그 위력이 얼마나 대단한지 알고도 막기가 힘든데, 귀수대 전체가 한꺼번에 발사한다면 이십 장을 공격 범위에 둘 수도 있었다.

운곡은 조금의 망설임도 보이지 않고 곧장 좌측으로 방향을 틀었다.

좌측으로 가면 그들이 가려 하던 초현과는 멀어지게 되지만 귀수대를 피하기 위해서는 어쩔 수 없는 선택이었다.

풍운대가 방향을 틀자 귀수대가 기다렸다는 듯 사선으로 쫓기 시작했다.

확실히 신풍대나 흑철단과는 다른 신법의 경지를 지녔다.

귀수대는 사선으로 다가와 평행으로 달리며 풍운대가 다른 쪽으로 빠지지 못하게 압박해 왔다.

한참 달리다가 힐끔 뒤를 확인한 운몽의 얼굴이 잔뜩 일그러졌다.

뭔가 이상했다.

"사형, 놈들의 행동이 이상합니다. 마치 토끼몰이를 하는 것처럼 압박하고 있습니다."

"이쪽으로 가면 어디가 나오지?"

"잘 모릅니다."

"혹시 막다른 길?"

"그럴지도 모르겠습니다. 아니면 놈들이 주력을 이쪽에 배치시켰든가요. 하여튼 이건 아닌 것 같습니다."

운몽의 대답에 운곡의 표정이 변했다.

확실히 귀수대의 행동은 목적이 있는 것으로 보였다.

기분 나쁜 예감.

이대로 가면 위험하다는 경고음이 머릿속에서 맹렬하게 울리기 시작했다.

"좋다, 방향을 튼다."

"어디로요?"

"다시 용화로 돌아가자."

"예?"

"만약 놈들의 주력이 앞을 가로막고 있다면 용화는 비어 있을 것이다. 용화에서 망산으로 빠진다."

"칠절문 그 새끼들은요?"

"우리가 용화를 벗어나는 걸 그놈들도 봤다. 망산에서 철수했을 가능성이 크다."

"사형, 아니면 빼도 박도 못합니다."

"어차피 이대로라면 더 버티기 힘들다. 만약 내 생각이 틀렸다면 우린 거기서 죽는다."

운곡의 말에 풍운대의 표정이 굳어졌다.

무슨 뜻인지 너무나 잘 안다.

지금까지 포위망을 뚫으면서 전력을 다하지 않았다.

애초부터 죽이려고 마음먹었다면 그들을 쫓는 당문의 전력은 반 이하로 줄어들었을 것이다.

하지만 운곡은 끝까지 당문과의 관계를 생각하며 여지를 남기기 위해 최선을 다했다.

용화에서 죽는다는 운곡의 말은 이제 끝장을 보겠다는 뜻이다.

당문의 압박을 더 이상 견딜 수 없게 된다면 풍운대는 옥쇄를 각오하고 싸울 것이다.

물론 전멸을 면치 못하겠지만 그리 되면 당문도 엄청난 희생을 감수해야 한다.

풍운대는 그 정도의 무력을 지닌 절정고수들이었다.

운곡이 먼저 급하게 방향을 틀며 왔던 길로 다시 신형을 날리자 풍운대 역시 기다렸다는 듯 방향을 틀었다.

그때부터 귀수대의 공격이 시작되었다.

그들은 얼마나 다급했던지 사정거리 밖에서 쌍통수전(雙筒袖箭)을 날리는 무모함까지 보였다.

불안하던 예측이 맞았다는 걸 귀수대는 행동으로 보여주고 있었다.

청문자는 부대를 이끌고 전력을 다해 용화로 이동해 왔다.

산이 있고 강이 가로막은 지형이었으나 불과 세 시진 만에 용화에 도착했으니 얼마나 서둘렀는지 알 만했다.

용화의 드넓은 벌판은 붉은 기운으로 가득 차 있었다. 그것은 너무나 익숙한 기운, 바로 살기였다.

'아직 살아 있다!'

단박에 알 수 있었다 포위망 속에 갇혀 있는 자들이 오랜 기간 동안 가르쳐 온 풍운대라는 사실을.

판단과 행동은 하나였다.

청문자의 신형은 그야말로 전광석화처럼 움직였는데, 얼마나 빠른지 눈에 보이지 않을 지경이었다.

"멈춰라!"

고함과 함께 터뜨린 일격.

산악을 베어버릴 것만 같은 청운자의 일검에 풍운대를 가로막았던 포위망이 순식간에 찢겨져 나갔다.

당문의 무인들은 청문자가 터뜨린 일 수에 포위망이 찢기자 공격을 멈추고 즉시 뒤로 물러났다. 마치 기다렸다는 듯 일사불란한 행동이었다.

지그시 당문의 무인들을 노려보던 청문자의 시선이 풍운대를 향했다.

혈인으로 변한 얼굴들이 거기에 있었다.

얼마나 많은 피를 흘렸기에 저리 되었을까.

사랑하는 제자들의 온몸이 찢어져 있는 걸 본 청문자의 얼굴에 온갖 감정이 묻어나왔다.

분노, 슬픔, 걱정.

그러나 그는 곧 감정을 지우고 냉막한 얼굴로 돌아가 풍운대의 전면에 섰다.

"어떠냐?"

"견딜 만합니다."

운곡의 대답에 청문자가 그저 가볍게 고개를 끄덕였다.

그 정도로 충분했다.

풍운대의 눈에 담긴 기쁨과 반가움을 뒤로하고 청문자는 당문 무인들을 바라봤다.

"누가 책임잔지 앞으로 나서라."

"나요."

사람의 벽이 갈라지며 외원당주 당추가 걸어 나왔다.

그 뒤에는 비슷한 연배의 세 노인이 따르고 있었는데, 바로 당문의 삼공이라 불리는 파혼삼절(破魂三絕)이었다.

파혼삼절은 현 가주인 당청의 사촌 동생들로서, 쇄금비(碎

金匕)의 주인이기도 했다.

청문자는 여유 있게 걸어 나오는 당추와 삼공을 일별하고는 주변에 포진한 병력들을 훑었다.

대충 합해도 거의 이백에 달하는 인원이다.

핏빛처럼 붉은 무복은 귀수대의 상징이고, 뒤쪽에 흑립을 깊게 눌러쓴 자들은 당문의 특수척살대 십이마령이 분명했다.

그리고 좌측 후미에 선 자들.

얼굴에 가면을 쓴 일곱 명의 전신에서 뿜어져 나오는 기세는 십이마령을 훨씬 넘어서는 것이다.

당문의 전력에 대해서는 손바닥처럼 안다고 생각했는데 전혀 알려지지 않은 자들이 나타나자 청문자의 검미가 슬쩍 올라갔다.

"당추, 오랜만이군."

"그동안 잘 지내셨소? 얼굴을 보니 잘 지낸 것 같기도 하고."

"이십오 년 전에 봤으니 오랜 세월이 지났군. 그때는 혈기 왕성했는데 자네도 늙었네그려."

"옛날 얘기는 해서 뭐 할라고. 쓸데없는 소린 그만둡시다."

청문자와 당추의 나이 차는 아홉 살이나 난다.

예전 청문자가 강호에 나왔을 때 본 당추는 무척이나 공손

하게 그를 대했는데, 지금은 전혀 그런 모습을 보이고 있지
않았다.

청문자의 시선이 가늘어졌다.

"좋아, 묻자. 당추, 어디까지 할 생각인가?"

"점창이 어떻게 나오느냐에 따라 달라지지 않겠소."

"쉽게 말해."

"뭐 하러 왔소. 일 복잡하게. 그냥 내어주고 말았으면 훨씬
일이 편해졌을 텐데."

"누굴 말인가? 저 아이들?"

"저놈들만 잡으면 우리는 물러날 생각이었소."

"그래서?"

"결정하시오. 다 죽든지 아니면 쟤들만 놓고 물러서든지."

"마치 우리 목숨이 너의 수중에 있는 것처럼 말하는구나.
점창이 그리 우습게 보인단 말이냐?"

"당연한 사실을 가지고 거품을 무는구려. 그동안 점창이
해온 작태를 보면 충분하고도 남소. 힘이 없어 구대문파에서
밀려났고, 칠절문에게까지 수모를 당한 점창이 우습지 않다
면 누가 우습겠소."

"푸하하하!"

당추의 독설에 청문자의 입에서 심금을 울리는 깊은 검소(劍
笑)가 터져 나왔다.

그 웃음은 너무나 날카로워 금방이라도 당추의 목을 벨 것

만 같았다.

순식간에 웃음을 멈춘 청문자의 입이 열린 것은 운곡을 비롯한 풍운대의 검이 부르르 떨릴 때였다.

"운곡!"

"예, 사숙."

"여기까지 오면서 몇이나 죽였느냐?"

"세지 못했습니다."

"왜 못 세었느냐?"

"가급적 죽이지 않으려고 했습니다. 그러나 상처가 깊어 죽은 자도 있을 것입니다."

"그럼 다시 묻겠다. 마음먹었다면 얼마나 죽일 수 있었느냐?"

"목숨을 걸었다면 저들 중 반은 지옥으로 보냈을 겁니다."

미동도 하지 않고 대답한 운곡이 검극을 끌어 올려 자신을 노려보는 흑철삼극을 가리켰다.

부르르 떨리는 검.

검이 울며 빛을 뿜어내기 시작한다.

화려한 검기의 발현에 이은 분산이 흑철삼극을 한꺼번에 조준하며 일어선다.

운곡의 몸 전신에서 뿜어지는 살기는 검에서 발현된 검기와 함께 흑철삼극을 향하고 있었다. 얼마나 강한 압박이었는지 흑철삼극의 신형이 저절로 밀려나고 있다.

청문자의 왼손이 올라간 것은 흑철삼극이 더 이상 견디지 못하고 자신들의 단창을 끌어 올릴 때였다.

운곡의 검기가 풀리기를 기다린 청문자는 묵직한 음성으로 다시 말을 이었다.

"이봐, 당추. 어떤가? 내 제자의 말이 거짓으로 들리는가?"

"아닌 것 같구려."

어느샌가 침중한 얼굴로 변한 당추의 목소리가 굳어져 나왔다.

운곡이 보여준 검기의 파장은 보고도 믿지 못할 만큼 강력한 것이었다.

당추가 고개를 끄덕인 것은 풍운대를 인정한다는 뜻이었다.

그럼에도 그의 얼굴에는 한 올의 두려움도 나타나지 않았다.

강한 건 인정하지만 모두 죽일 수 있다는 확신이 들어 있었다.

그랬기에 청문자는 쓴웃음을 지었다.

"자네도 잘 알다시피 우리는 칠절문을 치기 위해 나왔네. 하지만 천수의 계략에 말려 지금은 당문과 검을 겨눠야 하는 처지에 몰렸지."

"본론을 말하시오."

"당문이 움직인 것은 명예 때문이었으니 우리가 그 명예를 세워주겠다. 더불어 실리도 주지. 어떠냐?"

"어떻게?"

"우리는 칠절문의 영역을 갖지 않고 고스란히 당문에게 주겠다."

"어떤 조건도 없이 말이오?"

"그렇다."

"잠시만 참아 달라? 재미있는 말이군요."

"무슨 생각을 하는지 안다. 어차피 그냥 있어도 당문의 수중에 떨어질 거라 생각하겠지. 하지만 이젠 당문의 생각대로 되지 않는다는 것을 알 것이다. 여기서 그만두지 않는다면 점창이 당문과 끝장을 볼 테니까."

"크크큭!"

"웃긴 모양이로군. 보여주마. 우리가 왜 산에서 내려왔는지. 너희가 생각한 것과 점창의 힘이 얼마나 다른지 눈으로 직접 보거라!"

청문자는천천히 당문의 포위망을 벗어나 검을 끌어 올렸다.

하늘로 올라간 검을 진격세로 만든 청문자의 몸이 그대로 회전하기 시작했다.

사람도 사라졌고 검도 사라졌다.

눈에 보이는 것은 오직 시리도록 아름다운 검기의 물결뿐.

검기는 회전하고 또 회전했는데 작은 원이 큰 원 속을 노닐

었고, 원과 원이 화합하고 나뉘며 투명하고도 아름다운 빛을 뿌려댔다.

눈을 떼지 못할 아름다움이었으나 그 결과는 경악 그 자체였다.

경천동지(驚天動地).

청문자가 움직인 십여 장의 범위는 완전히 초토화되어 본래의 형상은 찾아볼 수 없었다.

그 누가 이 검을 받을 수 있을까?

절대고수의 위엄.

청문자의 몸에서 흘러나온 기세는 수많은 당문 무인의 숨결을 완벽하게 틀어막아 숨 쉬기조차 어렵게 만들었다.

7장

사천 횡단의 시작

몸이 하늘을 난다.

유운신법에 내력이 운용되자 마치 비행하는 것처럼 신형이 허공을 날았다.

그토록 부럽던 사숙과 사형들의 신법이 한낱 꿈으로 여겨질 만큼 운호의 신형은 한 번 움직일 때마다 흐릿한 잔영을 남기며 삼 장을 건너뛰었다.

그가 몸을 치료한 서곡에서 의빈까지의 거리는 이백 리.

다치기 전이었다면 신법을 펼쳐도 하루가 꼬박 걸릴 거리였으나 운호는 불과 세 시진 만에 의빈에 도착했다.

의빈은 인구 만오천을 넘고 칠절문의 영역에서 열 손가락

안에 들 정도로 큰 도시였지만 사형들을 찾는 데는 그리 오래 걸리지 않을 것이라 판단했다.

풍운대의 임무는 적진 교란이었으니 이곳 의빈에서도 분명 싸움을 벌였을 것이다.

그랬기에 운호는 우선 객잔으로 들어갔다.

객잔은 무림에서 벌어지는 일들을 자세하게 알 수 있는 정보의 보고였기 때문에 배도 채우고 풍운대에 대한 정보도 알아보려 했다.

"저놈이 안 죽고 여기까지 오다니 어떻게 된 거냐?"

"분명 유령이대가 쫓아갔습니다."

"뭔가 잘못됐군."

비각 삼대주 정풍은 끝 쪽 자리에 앉아 귀를 열어놓고 있는 운호를 바라보며 가볍게 손바닥을 마주쳤다.

뭔가 생각할 때 늘 하는 습관이다.

정보를 줄 뿐 결과를 확인하진 않는다.

워낙 빠르게 이동해야 하는 그들의 속성상 일일이 결과를 확인할 수는 없었다.

하지만 죽었어야 할 자가 눈앞에 다시 나타나자 정풍은 고개를 갸웃거렸다.

유령이대는 풍헌에서 본단 쪽으로 이동하며 계속해서 신응들을 죽였기 때문에 놈이 살아 있는 것은 더더욱 이해가 되지 않았다.

더군다나 어디 한 군데 다친 곳도 없어 보였다.

"저놈 지금 뭐 하는 것처럼 보이냐?"

"사람들의 이야기를 듣는 것 같습니다."

"정보가 필요한 모양인데, 뭘 찾는 걸까?"

"그것보다 저자가 여기에 온 것이 이해가 되지 않습니다. 죽을 자리를 왜 찾아왔는지 모르겠습니다."

"유령이대의 위치는?"

"창천각입니다."

"일부러 놔줬을 리는 없고, 놓친 모양이군."

"천하의 유령단이 그럴 리가 있겠습니까?"

"어쨌든 연락해. 와서 처리하라고."

"알겠습니다."

"심심한데 잘됐어. 특별히 할 일도 없으니 어찌 되는지 구경이나 해야겠다."

정풍은 뱁새 사내가 일어나 밖으로 나가자 천천히 소면을 먹기 시작했다.

정보를 담당하고 있는 자는 언제나 신중에 신중을 기해야 한다.

점창의 운자배라면 점창의 신응 몇을 놓치는 한이 있더라도 반드시 척살해야 할 대상이다.

화수로 이동해야 했지만 그는 식사가 끝난 뒤에도 자리에서 일어나지 않았다.

왜 유령이대가 저자를 죽이지 않았는지 확인할 필요성이
있었기 때문이다.

운호는 귀를 기울여 사형들의 소식을 듣고자 했으나 객잔
에 있는 사람 중 그 누구도 풍운대를 입에 올리지 않았다.

지금 사천은 칠절문과 점창의 전쟁이 온통 화두였기 때문
에 풍운대의 이야기가 나올 만도 했지만 한참을 기다렸는데
도 허탕만 치고 말았다.

언제까지 기다릴 수도 없고 점소이의 눈치도 보였기에 운
호는 천천히 일어나 밖으로 나갔다.

선뜻 내키지 않는 일이었지만 할 수 없이 개천으로 가볼 생
각이었다.

도시가 있는 개천에는 항상 주인이 있다고 들었다.

바로 개방 사람들.

개방의 정보망은 천하제일이라고 했으니 개천으로 나가
사형들의 위치와 지금의 상황이 어쩐지 알아보려 했다.

개천은 중심가를 건너야 나온다고 들었기 때문에 운호는
시가지를 구경하며 천천히 걸었다.

마음은 바빴으나 서두르지 않았다.

여기는 적진 한복판.

그가 걷고 있는 시가지에도 칠절문 무인이 여럿 보였다.

목적을 이루기 위해서는 조금 늦더라도 적들의 시선을 받지 않는 것이 중요했다.

그러나 그러한 마음은 중심가를 벗어나자 곧 바뀔 수밖에 없었다.

미행이 붙었다.

예전 같았으면 몰랐겠지만 상시 내력이 흐르는 지금은 오감이 확연하게 기척을 감지해 경고음을 울려주고 있었다.

일각이나 지났을까.

중심가를 벗어나 인적이 뜸한 곳에 다다르자 적들은 기다렸다는 듯 모습을 드러냈다.

본 자들이다.

풍현 근처 황성산에서 만났던 유령단.

원수는 외나무다리에서 만난다고 하더니 꼭 그 짝이다.

신비고수에게 막혀 더 이상 추적하지 못하고 도주했던 유령이대주 정철은 운호가 공터에서 멈추자 빙글거리는 얼굴로 다가왔다.

"반갑다, 애송이."

"내가 반갑다니 다행이구려."

"그렇게 찾아도 없더니 이렇게 만나는 걸 보면 우리가 인연이 있는 모양이구나."

"인연은 무슨, 악연이겠지."

"인연이든 악연이든 무슨 상관이겠느냐. 우리는 네 목만 가져가면 된다."

"자신 있으면 가져가 봐."

운호의 대답에 정철의 얼굴에서 묘한 웃음이 떠올랐다.

이놈이 예전처럼 격장지계를 쓰려는 모양이다.

하지만 한 번 당하지, 두 번 당하지는 않는다.

"네 목은 호주머니에서 물건 꺼내는 것처럼 언제든 끊어낼 수 있지. 자신이고 뭐고 할 필요도 없다."

"그 정도로 내가 너희한테 우습게보였단 말이지?"

"똥개처럼 도망이나 치는 놈은 그렇게 본다."

"혹시 내가 전에 한 말 기억해?"

"무슨 말?"

"독종들만 모인 점창에서도 내가 제일가는 독종이라고 했잖아."

"죽을 때가 되니 별소릴 다하는구나. 독종 타령은 저승에나 가서 떠들어. 어차피 그 실력 가지고는 금방 죽을 테니까. 뭐해? 시간 없다! 빨리 해치우고 가자!"

정철의 말에 여덟 명의 유령대원이 좌우를 좁히며 운호를 감싸듯 다가왔다.

그들의 표정은 여유가 가득했다.

이전의 경험으로 봤을 때 포위망을 뚫지 못하게 만든다면 운호의 목숨을 끊는 것은 그리 어려운 일이 아니라고 생각하는 듯했다.

운호가 오히려 한 걸음 다가선 것은 그들이 병기를 뽑아 들었을 때다.

"그때는 못했지만 여기서 증명해 주지. 내가 정말로 독종 중의 독종이란 사실을."

말이 끝나기도 전에 운호의 검이 날아갔다.

그 공격은 빛살처럼 빨라 순식간에 넷을 훑고 돌아왔다. 공격을 당한 자들은 어이가 없다는 표정을 지우지도 못한 채 거짓말처럼 쓰러지고 말았다.

황당한 것은 서 있는 자들이 더한 모양이다.

아니다.

잠시의 시간이 지나자 그들의 얼굴에는 놀람과 당황, 그리고 공포가 함께 피어나기 시작했다.

눈에 보이지 않았다.

눈으로 확인하지 못했다는 것은, 자신들 역시 공격을 받는다면 죽는다는 걸 단적으로 의미하는 것이다.

그만큼 운호의 검은 빠르고 강력했다.

그들은 공격해야 된다는 사실조차 자각하지 못할 만큼 충격에 젖었다.

운호의 검은 그런 그들을 기다려 주지 않았다.

그들이 정신을 차리기 전에 다시 한 번 섬전이 불을 뿜었다.

알면서도 막지 못한다.

내력이 완벽하게 발현된 운호의 검은 뒤늦게 정신을 차리고 합공해 오는 그들의 검을 산산이 부숴 버려 대항이 불가하도록 만들었다.

설명은 길었으나 결과로 나타난 것은 불과 숨 몇 번 들이켤 사이에 불과했다.

정철은 수하들이 도륙되는 것은 그저 두 눈 뜨고 지켜볼 수밖에 없었다.

풍현에서 본 운호의 무력은 수하들만 가지고도 충분한 것이었기에 그저 즐거운 구경을 하는 마음으로 지켜볼 생각이었다.

하지만 그 짧은 시간에 여덟이나 되는 수하가 목숨을 잃자 정신이 멍해졌다.

너무 어이가 없으면 말이 나오지 않고 신체도 기능을 멈추는데, 정철도 그 범주에서 벗어나지 못했다.

그리고 그 짧은 순간은 그의 혼을 저승으로 인도하는 데 충분하고도 남았다.

운호는 쓰러진 자들을 일별하고 자신의 검을 보았다.

의빈으로 급히 오면서도 잠시 쉴 때마다 검에 내력을 주입하고 유운과 사일검법을 펼쳤다.

너무나 쉽게 발현되는 검기의 물결은 그에게 감동을 넘어

슬픔을 주었다.

감정의 끝은 언제나 슬픔이다.

유연하게 펼쳐지던 사일은 분광을 넘어 회풍에 와서 절정을 이루었다.

그의 검은 거의 십여 장을 초토화시켜 버릴 정도로 강력했다.

그럼에도 운호는 아직도 가슴속에 의심을 가지고 있었다.

과연 이 내력이 자신의 뜻대로 움직여 줄까 하는 의구심.

유령대를 이토록 급작스럽게 공격한 이유도 그런 의구심에서 벗어나지 못했기 때문이다.

적정(適正).

알맞고 바른 정도를 적정이라 하는데, 적의 수준과 나의 수준을 알지 못하면 적정한 공격과 방어가 어렵다.

그것이 지금 결과로 나타나 있다.

운호는 자신의 수준을 알지 못했기 때문에 전력을 다해 공격할 수밖에 없었다.

불과 며칠 전만 해도 고전에 고전을 면치 못했고, 목숨이 경각에 달한 정도의 부상까지 입었기에 운호의 검은 사정을 두지 않았다.

그 결과는 처참했다.

땅에 쓰러져 있는 유령대원들은 마치 화탄에 공격당한 것처럼 엉망으로 변해 있었다.

비각삼대주 정풍은 능선 너머에서 지켜보고 있다가 그야 말로 기절할 정도로 놀라 고개를 바짝 수그리고 말았다.

걸리면 죽는다.

그의 머릿속을 온통 차지하고 있는 생각이었다.

일방적인 도륙.

유령이대주의 무력은 칠절문에서도 정평이 나 있을 정도로 강했는데 일검조차 받지 못하고 죽어버렸다.

마치 그냥 목을 내밀고 죽이기를 기다리고 있던 것처럼 보였지만 그런 것이 아님을 너무나 잘 알고 있다.

정철의 몸은 충격으로 인해 마비되고, 운호에게서 나오는 기세에 완벽하게 눌렸기 때문에 제대로 대응하지 못한 것이 분명했다.

저절로 두려움이 솟구칠 정도로 강한 자였기에 그는 본능적으로 고개를 수그린 채 꼼짝하지 않았다.

만약 이곳에서 지켜봤다는 걸 저놈이 안다면 살아남을 가능성은 전무했다.

한동안 꼼짝하지 않던 그의 고개가 슬그머니 들렸다.

온몸이 부르르 떨려왔으나 고개를 든 그의 눈이 번쩍이기 시작했다.

그는 풍현과 의빈, 인수를 잇는 정보 책임자다.

저 정도의 무력을 지닌 자가 의빈까지 들어왔다는 것은 분명 무슨 목적이 있어서다.

그렇다면 그 목적이란?

아무리 생각해 봐도 수뇌부 암살밖에 떠오르지 않는다.

물론 그렇지 않을 수도 있지만 정황상으로는 그것이 가장 합리적인 판단이었다.

고현까지 온 놈들은 어느 순간 바람처럼 후퇴하더니 미고에서 행적이 묘연해졌다.

듣기로는 문의 정예가 공격했다는데 그 결과는 아직 알지 못했다.

어쨌든 고현까지 들어와 기습 작전을 벌이던 놈들마저 후퇴했으니 지금 이곳에 들어온 점창의 병력은 놈이 유일하다.

중요한 것은 기습 작전을 벌이던 자들과 다르게 놈이 은밀하게 행동하고 있다는 것이다.

생각이 꼬리를 물었으나 결론은 오직 하나.

놈의 목적은 수뇌부의 암살밖에 없었다.

"야, 도대체 이 정보는 어떤 놈이 보낸 거야?"

"비각삼대주가 직접 수결해서 보내온 겁니다."

"완전히 돌아버리겠네. 기껏 한 놈이 들어와서 수뇌부를 암살한다는 게 말이 된다고 생각해?"

황룡단주 엽문이 전서를 손에 든 채 기가 막힌다는 웃음을 지었다.

의빈은 칠절문의 앞마당과 거의 붙어 있는 곳이다.

더군다나 의빈과 고현을 맡고 있는 것은 황룡단이었다. 비각삼대주의 보고대로라면 놈은 자신을 죽이기 위해 왔다고 봐도 무방했다.

믿고 싶지 않은 일이 전서에 버젓이 쓰여 있으니, 물어보는 엽문이나 대답하는 부단주 석송이나 얼굴이 떨떠름해졌다.

그렇다고 무시할 수도 없는 일이다.

"단주님, 일단 가봐야 되겠습니다. 뭐든 눈으로 확인해 보면 간단해지게 마련이죠."

"할 수 없지. 그놈이 우리한테만 정보를 보냈을 리 없으니 괜히 무시했다가 불똥이 튈 수도 있다. 거기가 어디라고?"

"여기서 반 시진만 가면 됩니다."

"놈은?"

"비각 애들이 미행하고 있답니다. 놈은 아직 의빈에 있습니다."

"좋아, 애들 대기시켜. 이것 참, 별일이 다 생기는구만."

개방의 제자들을 찾는 것은 어려운 일이 아니었다.

의빈 외곽 유일천을 횡단하는 삽교 밑에 다다르자 아무렇게나 흩어져 누워 있는 거지들을 발견할 수 있었다.

운호는 양지 바른 곳에 자리 잡고 있는 중년 사내를 향해 다가갔다.

"말 좀 묻겠소."

"무슨 말?"

정중하게 입을 열었으나 되돌아온 대답은 뻐딱했다.

삼십 대 중반의 거지는 다가온 운호를 확인했으나 여전히 반쯤 누운 채 귀찮은 표정을 짓고 있었다.

"개방 제자가 맞습니까?"

"그런데?"

"그렇다면 한 가지 묻겠소. 혹시 의빈에 있던 점창 무인들에 대해 아시오?"

"몰라."

질문이 떨어지자마자 거지는 기다렸다는 듯 단호하게 대답하며 묘한 표정을 지었다.

허리춤에 채워진 매듭은 삼결.

중년 거지는 바로 의빈의 개방분타주, 무골개 황만이었다.

제대로 찾아온 것은 맞았으나 황만은 모른다고 딱 잡아뗐다.

그러면서 그는 운호를 머리에서 발끝까지 훑어 내렸다.

정보의 생명은 사람에게서 나온다.

그랬기에 황만은 운호를 스윽 살핀 후 슬그머니 인상을 찡그렸다.

'점창!'

비록 도복은 벗었으나 점창을 상징하는 검을 지닌 이상 정체를 숨기기는 어렵다.

　이자는 점창 제자가 틀림없었다.

　운호는 황만의 대답에 입꼬리를 올렸다 내렸다.

　그의 말대로 모를 수도 있으나 대답이 너무 단호하고 짧았
다.

　뭔가 이상하다.

　"그렇다면 조현에 있던 점창 무인에 대해서는 들어보셨
소?"

　"그건 들어봤지."

　"내가 찾는 사람이 바로 그 사람들이오."

　"그러니까, 그걸 모른다고 방금 말했잖아!"

　"정말 모르오?"

　"어허, 아직 젊은 친구가 못된 것만 배웠구만. 모른다는데
왜 못 믿어. 조현에서 의빈으로 향했다는 소문까지는 들었지.
하지만 그게 끝이야. 그들이 어디로 갔는지, 뭘 하고 있는지
에 대해서는 모른다니까!"

　황만은 속사포처럼 말을 끝내고 반쯤 일으켰던 몸을 다시
바닥에 뉘였다.

　최대한 편한 자세로.

　더 이상 얘기하기 싫은 듯 눈까지 감아버려 말도 붙이지 못
하게 했다.

그런 황만을 물끄러미 바라보던 운호는 한참을 서 있다가 천천히 뒤돌아서 삽교 위로 올라섰다.

뭔가 이상했으나 무력까지 동원할 일은 아니기 때문에 삽교로 올라서서 다시 중심지 쪽으로 향했다.

개방 제자에게 물으면 된다고 생각했으나 허탕을 친 이상 다시 객잔으로 가서 풍운대의 소식을 알아볼 생각이었다.

황만이 중심지 쪽으로 걸어가는 운호의 뒷모습을 바라보고 있을 때, 비슷한 나이로 보이는 거지가 삽교 위에서 깃털처럼 뛰어내려 다가왔다.

분타 주변의 경계를 맡고 있던 부분타주 왕일이다.

"분타주님, 비각이 따라붙고 있는 걸 보니 저자가 그자인 것 같습니다."

"대충은 짐작하고 있었다. 얼마나 붙었지?"

"셋이 붙었습니다."

"모르던가?"

"철저히 위장하고 있었습니다. 아시잖습니까. 정보를 다루는 놈들은 철저하게 기세를 숨겨서 아무리 고수라도 알아내기가 쉽지 않습니다. 더군다나 저자는 강호에 나온 지 얼마 안 되는 것처럼 보이는군요."

"너도 그렇게 보였어?"

"우리가 저런 애들 한두 번 봅니까."

"그것참, 보고도 못 믿겠구먼. 저런 애송이에게 유령단이 박살 나다니. 칠절문은?"

"황룡단 전체가 이쪽으로 오고 있습니다. 끝장을 볼 생각인 모양입니다."

"일이 점점 재밌어지는군."

"그런데 저자가 뭘 물었습니까?"

"풍운대의 위치."

"이상하군요. 풍운대의 위치를 왜 우리에게 물었을까요. 벌써 사천뿐만 아니라 감숙에까지 소문이 파다하게 퍼져 있는데요. 그래서 뭐라고 하셨습니까?"

"모른다고 했다."

"왜요?"

"궁금해서."

"궁금하다니요?"

"저자의 행동으로 봤을 때 풍운대의 소식을 모르는 한 의빈을 떠나지 않을 것 같았다. 그렇다면 황룡단하고 부딪친다는 얘긴데, 자네는 유령단을 박살 냈다는 저자의 실력이 궁금하지 않아?"

황룡단주 엽문은 병력을 도열시킨 채 의빈을 향해 시선을 주었다.

비록 놈이 유령이대를 전멸시켰다고는 하나 엽문은 크게

걱정하지 않았다.

유령이대와 황룡단을 비교한다는 것 자체가 어불성설이다.

유령단주가 포함된 전체라면 모를까, 유령이대 정도면 자신 혼자의 힘으로도 충분히 요리할 수 있었다.

"어디에 있나?"

"춘래객잔에 있습니다."

"객잔이라……. 아직 식사할 시간도 아닌데 객잔에 있다니. 쯧쯧."

석송의 대답에 엽문이 혀를 찼다.

다른 데라면 몰라도 객잔이라면 무턱대고 공격하기가 쉽지 않다.

비록 이른 시간이지만 객잔에는 분명 손님들이 남아 있을 것이다.

"단주님, 놈이 도주라도 하게 된다면 일이 어렵게 됩니다. 노출되었을 때 잡아야 합니다. 일단 포위하고 놈만 남기시죠."

"그렇게 해."

성격이 진중한 부단주 석송의 제안에 엽문이 고개를 끄덕였다.

내키지는 않으나 어차피 해야 한다.

새파랗게 어린놈을 잡기 위해 황룡단 전체가 움직인 사실이 그의 마음을 찜찜하게 만들었지만 어쨌든 놈을 잡는 것은 중요한 일이었다.

운호는 이른 식사를 마치고 후식으로 나온 차를 마시며 사람들이 오기를 기다렸다.

아직 때가 일러서 그런지 객잔에는 사람이 많지 않았다.

그래도 혹시나 하고 귀를 세워봤지만 맞은편에 앉은 장사꾼들은 감숙에서 가져온 용정차 얘기로 시간 가는 줄 몰랐고, 좌측 건너편에 있는 패거리는 도박과 여자 이야기에 정신이 팔려 있었다.

나머지 사람들도 가족에 관한 이야기뿐, 풍운대에 관한 말은 어디에서도 흘러나오지 않았다.

결국 저녁때까지 기다려야 할 판이다.

저녁 시간이 되면 무인들도 식사를 하기 위해 들르기 때문에 정보를 획득할 가능성이 컸다.

정문으로 열 명의 적의인이 들어선 것은 옆쪽 사내들의 음담패설에 얼굴이 슬며시 붉어질 때였다.

들어선 적객들은 모두 쇄겸도(鎖鎌刀)를 꺼내 들고 있었는데 그중 구레나룻 사내가 앞으로 나서며 고함을 질렀다.

"우리는 칠절문의 황룡단이다! 객잔에 있는 자들은 모두 나가라!"

사내의 고함에 당황한 표정을 짓던 사람들이 급히 객잔을 빠져나가기 시작했다.

의빈에서 칠절문은 지옥사자나 다름없기에 그들은 이유조차 묻지 않았다.

사람들이 모두 빠져나간 객잔에는 오직 운호만 남았다.

적객들은 들어온 이후 계속해서 그를 주시했기에, 운호는 남아 있는 차를 모두 마시고 천천히 객잔 중앙으로 걸어 나갔다.

그들의 시선은 운호가 목표라는 걸 알려주고 있었다.

의빈이 칠절문의 앞마당이라더니 정보의 흐름이 정말 빠르다.

유령이대를 해치우고 삽교를 거쳐 객잔으로 돌아온 것은 불과 두 시진도 지나지 않았는데 칠절문은 어느새 그의 행적을 알아내고 포위망을 구축해 왔다.

서늘한 한기.

객잔뿐만 아니라 주변의 공기가 온통 살기로 가득 찼다.

오감의 느낌은 이 일대가 온통 칠절문의 무인들로 포위되었다는 것을 알려주고 있었다.

긴장은 되었으나 두렵지는 않았다.

어차피 풍운대의 임무는 의빈에서 적과 교전하는 것이다.

지금 사형들이 어디에 있는지 알 수 없으나 운호는 자신이 풍운대의 일원이라는 사실을 한 번도 잊은 적이 없었다.

내력이 회복된 이상 풍운대의 임무를 충실히 시행할 생각이었다.

엽문은 수룡대주가 수하들을 이끌고 객잔으로 들어서는 것을 확인하고도 말에서 내리지 않았다.

곧 교전이 시작될 것이지만 어떠한 감흥도 생기지 않았다.

어차피 놈은 죽는다.

무력이 아무리 뛰어나다 해도 황룡단 전체의 포위망을 뚫고 달아난다는 것은 어불성설이다.

춘래객잔.

봄이 오는 객잔이란 뜻이지만 지금은 봄이 한참 지나갔으니 어울리지 않는 이름이다.

이 층으로 지어진 춘래객잔은 거의 이백 평에 달할 만큼 커다란 건물이었으나 백이십의 황룡단 무인이 둘러싸자 꼭 벌집처럼 보였다.

황룡단 무인들은 놈이 도망가지 못하도록 창가와 지붕, 그리고 담장까지 빼곡히 포위망을 구축하고 있었다.

적들의 공격은 처음부터 필사적이었다.

유령이대가 당했다는 정보를 미리 알고 있었기 때문인지 선발대로 들어선 적객들은 좌우로 흩어지며 지체 없이 공격해 왔다. 구레나룻 사내 수룡대주 여범(呂範)의 쇄겸도가 가장 마지막으로 날아왔다.

피잉!

여범의 쇄겸도는 공중에서 떨어져 내리며 화살이 쏘아지는 소리를 냈다.

무시무시한 파괴력.

운호는 적객들의 칼은 빗겨내고 여범의 쇄겸도와 부딪쳐 뒤로 물러나게 만들었다.

너무 치명적인 공격이었기에 저절로 검에 힘이 들어갔다.

유령이대와의 싸움과는 달라도 너무 달랐다.

적객들의 공격은 단 한 번이었음에도 전신을 싸늘하게 만드는 흉험함이 올올히 살아나왔다.

준비된 자와 그렇지 않은 자의 차이였다.

유령이대는 그를 눈 아래로 보며 경시했기에 쉽게 처리할 수 있었지만 수룡대는 그를 강적으로 인식하고 칼을 꺼냈다.

무력이 비슷하다 해도 적을 어떻게 생각하느냐에 따라 엄청난 전투력의 차이가 발생한다.

무인이 죽음을 염두에 두고 싸운다는 것은 그만큼 전력을 다한다는 뜻이 된다.

수룡대의 공격이 그랬다.

전력을 다하면서도 교묘하게 편차를 둔다.

단숨의 공격이 아니라 시간차를 둔 합격술이었다.

더군다나 여범의 쇄겸도는 불쑥불쑥 파고들어 적객들의 위험을 상쇄시키며 운호의 검을 흐려놓았다.

창문을 부수고 수룡대의 나머지가 들어온 것은 삼 초도 지나지 않아서였다.

적객의 숫자는 금방 서른으로 늘어났는데, 그들은 사방을 점유한 채 뇌정추를 돌리기 시작했다.

뇌정추는 검병에 줄이 달려 있고 그 끝에는 쇠공을 매단 무기로서, 강호의 오문 중 가장 악독한 무기로 꼽힌다.

윙, 윙!

뇌정추가 돌아가는 소음이 귀를 자극해서 자꾸 신경을 분산시켰다.

언제든지 기습이 가능한 상황.

이런 상태에서의 싸움은 득보다 실이 훨씬 크다는 것을 너무나 잘 알기에 운호는 검에 내력을 끌어 올렸다.

유령이대와의 싸움 이후 적정의 원리에 대해서 계속 생각해 왔기에 수룡대와의 싸움에서는 내력을 조정하고 있었다.

하지만 싸움이 점차 흉험하게 변했기 때문에 그는 내력을 끌어 올리며 태산에서 창천으로 검을 변화시켰다.

일거에 뚫고 나가지 않으면 곧 뇌정추의 공격이 시작된다.

엽문은 병기 부딪치는 소리가 들리자 어깨를 좌우로 돌렸다.

싸움이 시작되었다는 뜻.

직접 싸움에 가담할 일은 없겠지만 막상 싸움이 시작되자 본능적으로 몸이 꿈틀거렸다.

기분 좋은 가벼운 흥분.

놈의 무력이 의외로 강해 자신이 나서야 되는 상황이 된다면 흥분은 훨씬 커지겠지만 그럴 가능성은 거의 없을 테니 그저 수하들 모르게 근육을 이완시킬 뿐이다.

상황이 변한 것은 창문으로 수룡대의 나머지가 들어가는 것을 확인하고 얼마 지나지 않아서였다.

콰앙!

정문이 부서지며 하나의 신형이 폭사해 나오는 것이 보였다.

부대주 석송이 이끄는 풍멸대가 급히 놈을 향해 날아갔으나 중앙이 뚫리며 신형이 자신 쪽으로 다가왔다.

사람 사는 일이 항상 이렇다.

상상한 일이 현실이 되는 경우를 보고 사람들은 운이 좋다고 하는데 엽문의 마음이 딱 그랬다.

섬뜩한 미소를 피워 올린 그의 몸이 앉은 자세 그대로 말에서 솟구치며 운호를 향해 날아갔다.

휘익, 쐐액!

그의 손에 들린 자웅검(雌雄劍)은 어느새 운호를 향해 날아가고 있었다. 한꺼번에 터진 칠검이 사방을 완벽하게 점유해 운호의 진격을 차단해 버렸다.

철벽의 방어선.

갑작스런 엽문의 공격에 운호의 신형이 앞으로 나가지 못하고 가라앉았다.

운호가 내려서자 엽문의 몸도 깃털처럼 전면을 가로막았다.

그의 얼굴에 피었던 섬뜩한 미소는 더욱 짙어져 있었다.

"아직 어린놈이로구나."

"누구시오?"

"날 죽이러 온 놈이 날 모른단 말이냐?"

운호의 반문에 엽문의 얼굴이 슬쩍 변했다.

비각삼대주의 보고대로라면 놈은 자신을 암살하기 위해 왔을 텐데 모른다고 하니 선뜻 이해가 되지 않았다.

하지만 곧 그의 얼굴이 싸늘하게 변했다.

"비각 이 새끼들 하는 짓거리 하고는, 쯧쯧. 그래, 여긴 뭐하러 왔지?"

"싸우러."

"싸워? 누구하고?"

"누구긴, 칠절문이지. 점창과 싸우려는 자들이 칠절문 말고 또 있소?"

"그러니까 네 말은 너 혼자 여기서 칠절문 전체와 싸우겠다는 소리냐?"

"그렇소."

"미친놈이군."

내려뜨렸던 흑룡검을 끌어 올린 운호가 당당하게 자신을 바라보자 엽문의 얼굴이 일그러졌다.

아무리 생각해도 이해가 되지 않기 때문이다.

미쳤다고 말은 했지만 놈의 눈만 봐도 미치지 않았다는 것을 충분히 알 수 있었다.

자신을 놀리기 위해 한 말이 아니라는 것 또한 놈의 진중한 태도로 알 수 있기에 엽문은 깊은 한숨을 쉬었다.

자신의 칠검을 뿌리친 놈의 무력이 만만치 않았으나, 그렇다고 죽는다는 사실이 변하는 것은 아니다.

주변을 둘러보자 어느샌가 수하들이 이중, 삼중으로 포위망을 구축해 놓은 것이 보인다.

이런 상태에서 살아날 방법은 없다.

놈은 함정에 빠진 승냥이처럼 이빨을 드러내며 울부짖다가 결국은 처참하게 도륙될 것이다.

어차피 죽일 거라면 자신의 손으로 직접 죽이는 것도 나쁘지 않을 거란 생각이 들었다.

나중을 위해서라도 그 편이 훨씬 모양새가 좋았다.

그랬기에 그는 손을 저어 수하들을 뒤로 물렸다.

"어린아이를 다수가 핍박해서 죽였다는 소리를 듣고 싶지 않다. 싸우러 왔다니 내가 상대해 주마."

"다시 묻겠소. 그대는 누구요?"

"황룡단주 엽문."

"그렇구려. 어쩐지 대단했소."

"짧은 인생이 아쉽겠다. 하지만 어쩌겠느냐, 무인의 인생이 그런 것을. 마지막으로 이름이나 밝히고 가라."

엽문의 말에 운호의 얼굴에 웃음이 떠올랐다.

수많은 적에 둘러싸였으나 그는 한 올의 두려움도 내비치지 않고 있었다.

손에 들린 흑룡검.

사부님이 남겨주신 흑룡검이 손에 들려 있으니 당당하게 싸울 생각이다.

그랬기에 그는 엽문을 바라보며 어깨를 끌어올렸다.

"나는 점창의 풍운대 운호라 하오!"

엽문(葉門).

십오 년 전 전왕에 의해 칠절문에 영입된 이래로 줄곧 황룡단을 맡고 있는 무인이다.

그의 독문 무공인 벽사검법(劈邪劍法)은 연원을 알 수 없었는데, 그 원인은 엽문이 철저하게 함구했기 때문이다.

연원을 알 수 없다 해서 벽사검법의 위력이 약하다는 것은 아니다.

아니, 오히려 어떤 검법보다 강맹하고 수많은 변초가 담겨 있었다.

더군다나 엽문의 몸에 장착된 벽사검법은 그의 자웅검(雌

雄劍)으로 펼쳐질 때 환상이 되어 화려하게 피어난다.

　칠십여 번의 대소 전투에서 한 번도 패하지 않은 엽문은 칠
절문을 대표하는 절정검객 중의 하나였다.

　운호는 엽문이 검을 들어 자신을 겨냥하자 내려뜨렸던 흑
룡검을 천천히 끌어올렸다.

　적정을 생각할 겨를이 없다.

　단숨에 결판을 내고 포위망을 뚫어내야 제대로 된 싸움을
할 수 있다.

　다수에 의해 포위된 상태에서는 효율적인 전투를 할 수 없
으니 엽문을 단숨에 뿌리치고 좌측에 위치한 전각을 뛰어넘
어 포위망을 벗어날 생각이었다.

　눈으로 보지는 않았다.

　눈을 돌리는 순간 적이 자신의 생각을 읽고 미리 차단할 가
능성이 있었다. 운호는 검에 내력을 주입한 채 오직 엽문의
눈을 노려봤다.

　생각과 행동이 하나가 되어야 이 전투를 제대로 수행해 나
갈 수 있었다.

　무섭게 다가오는 엽문의 기세.

　그 압박감이 그동안 상대한 자들과는 근본적으로 다르다.

　애초부터 일대일로 결판낼 생각은 하지 않았으니 먼저 움
직이며 검을 날렸다.

부지불식간에 피어오른 새파란 세 갈래의 검기가 엽문을 향해 빛살처럼 날아갔다.

내력을 끌어 올려 기습적으로 날린 월파는 순식간에 엽문의 머리와 가슴을 노렸다.

콰앙!

엽문의 검과 충돌하자 폭발음이 생겼다.

죽이기 위해 한 공격이 아니기에 운호는 엽문이 반격하자마자 그 탄력을 이용해 미리 봐둔 전각으로 날아올랐다.

가로막은 풍멸대가 저지하기 위해 공격해 왔으나 운호의 검은 순식간에 셋을 베고 담장을 뛰어넘었다.

도망치기 위한 행동이 아니라 보다 유리한 상황에서 싸우기 위함이다.

최대한 많은 적을 베어 풍운대가 사천의 한복판에서 당당히 싸우고 있음을 세상에 알릴 생각이었다.

운호는 담장을 뛰어넘자마자 전각 외곽으로 빠져나가며 좌측에서 다가오는 수룡대의 중심으로 파고들었다.

순식간에 펼쳐진 십이검이 공간을 자르며 수룡대의 몸에 터졌다.

태산의 연환.

포위망을 벗어나 수세에서 공격 위치로 변한 운호의 막강한 검은 적진의 중앙에 서 있는 두 명의 무인을 순식간에 베어버리고 좌측에서 돌진해 오는 세 명의 적객마저 쓸어냈다.

내력을 풀어낸 운호의 검은 가히 벼락이나 다름없었다.

막고자 해서 막을 수 있는 공격이 아니었다.

더군다나 단 한 번의 공격을 펼친 후 극에 달한 유운신법으로 위치를 바꿔 버렸다. 황룡단은 효율적인 공격을 하지 못하고 운호의 뒤를 쫓느라 시간을 허비할 수밖에 없었다.

운호는 포위망이 구축될 때부터 눈에 보이던 절정고수들을 철저히 피했다.

부단주인 석송과 대주들이 다가오면 즉시 방향을 틀어 그들로부터 멀어졌다.

두려워서 피하는 것이 아니라 더 효율적인 파괴가 목적이었다.

수뇌부를 피한다면 짧은 시간에 더 많은 적을 쓰러뜨릴 수 있고 위험마저 줄일 수 있다.

하지만 점차 시간이 지나자 싸움은 운호의 예상과는 다르게 진행되었다.

불과 일 다경도 지나지 않아 황룡대가 대별로 진형을 갖추며 압박을 가해오기 시작했다.

혼란을 제어하는 황룡단의 명령 체계는 목숨이 왔다 갔다 하는 전투 상황에서도 칼날처럼 일사불란했다.

운호는 칠검을 날린 후 주변을 살폈다.

벌써 적들은 자신을 잡기 위해 원거리에서 진형을 갖추고 있었다.

여기서 버티면 결국 포위망에 갇힐 수밖에 없다는 걸 확인
한 운호의 신형이 전각으로 뛰어올랐다.

적들의 의도대로 따라주진 않는다.

지금까지는 포위망이 풀렸기에 싸웠을 뿐, 또다시 숫자를
이용해 압박을 가해온다면 그 속에 갇혀줄 의도는 전혀 없었
다.

그는 전각의 반대쪽을 향해 신형을 날렸다.

엽문은 단 일 수에 이 보나 밀려난 자신의 다리를 확인하며
두 눈을 부릅떴다.

부지불식간에 당한 공격이었다 해도 이 보나 밀려나다니
진정 믿을 수가 없는 일이다.

놈은 마치 자신이 밀릴 것을 확신이나 한 것처럼 지체 없이
전각 쪽을 향해 도주했다.

아니다. 도주가 아니라 포위망에서 벗어나기 위한 이동이
었던 모양이다.

싸우겠다는 말을 듣고 가소롭게 여겼는데 놈은 그런 생각
을 비웃기라도 하듯 가로막는 수하들을 추풍낙엽처럼 쓰러뜨
리는 중이다.

검기를 장난처럼 빼어 든 운호의 검은 황룡단의 진형을 종
횡으로 가로지르며 무수한 시체를 만들어내고 있었다.

유령이대를 순식간에 처리했다는 보고를 받았으나 그저

웃었었다.

그는 자신의 눈으로 확인하지 않는 이상 터무니없는 정보는 믿지 않았다.

그러나 지금 눈앞에서 보여지는 운호의 무력은 비각삼대주의 보고를 훨씬 뛰어넘고 있었다.

도대체 점창의 저력은 어디까지란 말인가.

새파랗게 젊은 놈이 검기와 검풍을 동시에 쓰고 있으니 눈으로 보고도 믿겨지지 않았다.

황룡단을 맡은 이후 최근 오 년 동안 검을 뽑아본 적이 없다.

웬만한 일은 수하들이 처리했고, 자신은 그 뒤처리나 해주면 되었다.

무인과는 어울리지 않는 관리자의 삶이었지만 나이가 들자 그런 대로 만족감이 들기도 했다.

하지만 지금 수하들을 쓰러뜨리는 치열한 운호의 검을 보자 온몸에서 소름이 돋아났다.

어찌 잊고 살았을까. 무인의 삶을.

엽문은 자신도 모르게 힘이 들어간 오른손을 한참 내려다보다 빙긋 웃은 후 담장을 차고 날아갔다.

기뻤다.

언젠가부터 가슴에 가득 들어차 있던 공허함이 순식간에 새어 나갔고, 그 대신 투지라는 놈이 스며들어 심장을 힘차게

뛰도록 만들었다.

오늘 이 순간 나는 다시 무인으로 돌아간다.

운호는 뒤에서 날아온 검을 연속으로 튕겨내며 삼 장을 건너 담장 위에 날아 섰다.

유성처럼 떨어진 강력한 공격이기 때문에 신형이 고정되지 않고 흔들렸다.

예상했던 대로 검의 주인은 엽문이었다.

"어딜 가느냐?"

"나 하나를 잡기 위해 새까맣게 몰려들고 있으니 피하는 게 맞는 일 아니겠소?"

"싸운다고 하더니 도망부터 치는구나! 비겁하다!"

"나이를 거꾸로 잡수셨군."

"뭐라?"

"내가 한 열댓 명은 잡았소. 그래도 남은 자가 백 명은 넘어 보이는데 다수로 핍박하면서 어째서 나를 비겁하다 하오. 참으로 뻔뻔하구려. 따라오시오. 당신 하나라면 얼마든지 상대할 수 있으니."

운호는 말을 마치자마자 즉시 신형을 날려 관도를 건넜다.

엽문과 대화를 하는 사이 황룡단 무인들이 진형을 구축한 채 날아왔기 때문이다.

운호가 관도를 넘어가자 엽문이 황룡단을 향해 돌아서며

손을 올렸다.

그러자 대별로 움직이던 무인들이 약속이나 한 것처럼 팔방을 점유한 채 내려앉았다.

칠절문 칠대무력단체 중 하나라는 황룡단의 움직임은 이처럼 완벽하게 제어되어 엽문의 손발이 된다.

수하들이 모두 움직임을 멈추자 엽문의 눈이 가장 전면에 있는 부단주 석송을 향했다.

"석송!"

"예, 단주님."

"한 시진 후 송추로 오라. 거기서 놈을 잡는다."

운호는 관도를 넘어 의빈의 중심지를 벗어났다.

시가지에서 싸우는 것은 양민에게 피해를 줄 수 있었고, 건물들로 인해 쉽게 포위될 우려도 있었기 때문이다.

더군다나 신법에 자신이 생긴 만큼 움직이면서 적들을 상대할 생각이었다.

뒤에서 따라오는 자는 오직 한 명뿐이다.

격장지계를 쓰려고 한 것은 아니었으나 너무나 쉽게 엽문이 걸려들어 오히려 이상했다.

강호에는 수많은 암수가 난무해 눈에 보이는 것을 곧이곧대로 믿다가는 목이 열 개라도 남아나지 않는다고 했으니, 서라는 엽문의 외침에도 반응하지 않고 앞만 보며 달렸다.

따라오는 기색은 없었으나 황룡단의 나머지 추격 병력과 충분한 거리를 이격시킬 필요가 있었다.

운호는 그로부터 일각을 더 달려 의빈에서 십 리 정도 떨어진 능선에서 멈췄다..

사방이 훤하게 보이는 지형.

언제든지 적의 접근을 확인할 수 있는 곳에 걸음을 멈춘 운호는 뒤따라 내린 엽문과 삼 장을 이격하고 마주 섰다.

"진짜 오셨구려. 두렵지 않소?"

"푸하하! 갈수록 재밌는 놈이로다."

"단체로 다니던 사람은 혼자 떨어지면 두려움을 느끼는 법인데 당신은 그렇지 않은 모양이오?"

"내 평생 두려움을 가진 적은 한 번도 없다. 더군다나 곧 죽을 너에게 왜 두려움을 갖겠느냐?"

"과연 그럴까?"

"이제 아무도 없으니 도망가지 않을 테지. 어디 진짜 네 실력을 보자."

"얼마든지."

운호는 도발해 오는 엽문의 말을 맞받은 후 천천히 흑룡검을 진격세로 만들었다.

내력이 정상 가동된 후 지금까지 제대로 된 수련을 해본 적이 없다.

사형들을 찾겠다는 일념으로 서곡에서 의빈까지 급히 오

느라 검에 내력을 담아내는 수련을 거의 하지 못했다.

유령이대와는 제대로 된 싸움이 되지 않았고, 황룡단 역시 다수와의 싸움이다 보니 적정의 원리를 검에 담아내지 못했다.

기세를 뿜어내는 엽문의 검을 확인한 순간 그가 얼마나 강한 고수인지 알 수 있었다.

살을 파고들 만큼 검기가 피부를 자극해 따끔거리게 만들었음에도 운호는 제자리에 서서 움직이지 않았다.

기세에서 밀린다는 것은 열세에서 싸움을 시작해야 된다는 것을 의미한다.

중요한 순간이다.

이 정도의 고수에게 적정의 원리를 시험할 수 있다는 것은 행운이기도 하고 지극히 위험한 일이기도 했다.

그랬기에 운호는 호보로 나서며 오성의 내력을 담아 섬전을 날렸다.

반격해 오는 기세에 맞춰 내력을 조정하겠다는 생각.

기다렸다는 듯 엽문의 검이 뒤쪽에서 휘돌아 앞으로 튀어나왔다. 운호는 풍영(風影)으로 전환시켜 충돌을 일으켰다.

비틀.

강력한 검격에 검이 밀리며 신형 또한 뒤로 밀려났다.

오성의 내력으로는 부족하다는 뜻이다.

하지만 참을 만했기에 내력을 더 끌어 올리지 않고 밀린 검을 끌어당겨 곧장 월파로 전환시켰다.

얼마나 견딜 수 있는지 확인해야 했다.

투입되는 내력의 수준에 따라 나타나는 사일검법의 위력 또한 관조해서, 그 한계가 어디인지 찾아내야 했다.

시간이 지날수록 계속해서 밀렸지만 운호는 이를 악물고 초식의 운용으로 엽문의 공격을 막아냈다.

균형이 다시 맞춰진 것은 이화접목이 강화되어 있는 창천으로 초식이 전환되면서부터였다.

적의 내력이 담긴 검을 맞받는 것이 아니라 흘리고 빗겨내며 내 것으로 만들어 공격하는 낙영, 비화, 무영이 줄기줄기 쏟아져 나오자 엽문의 검이 주춤거렸다.

그렇다고 해서 전세가 유리하게 전개된 것은 아니었다. 그 대등함은 이전보다 훨씬 더한 흉험함으로 다가왔다.

엽문의 검이 변했기 때문이다.

검이 변한 것보다는 내력이 달라졌다고 보는 것이 타당할 것이다.

고수는 처음부터 전력을 기울이지 않는다고 했는데 엽문 역시 그러한 모양이다.

더군다나 초식이 변했다.

열두 초식 중 전육식만 구사하던 엽문이 벽사검법의 절초들을 줄기줄기 뿜어내기 시작한 것이다.

투둑, 투툭.

순식간에 검이 방어선을 뚫고 팔과 옆구리를 스치며 지나갔다.

깊은 상처는 아니었으나 피가 새어 나왔고, 지금까지와는 다르게 한 번의 충돌로 다섯 발자국이나 밀려났다.

곧장 내력을 끌어 올려 치고 들어오는 엽문을 향해 마주 뛰어들었다.

내력을 일성 더 끌어 올리자 초식의 위력이 변했다.

같은 초식임에도 충돌의 여파가 달랐고, 적의 검을 빗겨내고 후려치는 게 달랐다.

싸움은 금방 다시 균형을 맞춘 채 춤추듯 돌아갔다.

누구도 우세를 점하지 못한 상황에서 사일검의 태산과 창천이 하나가 되어 벽사검법의 절초들과 충돌했다.

그런 상태에서 한 단계씩 내력을 끌어 올리자 사일검법이 무시무시한 위력을 뿜어냈다.

쾅, 쾅, 쾅!

검과 검이 부딪치면서 폭발음을 냈고, 그 충돌의 여파로 둔덕이 여기저기 파였다.

두 사람은 벌써 십여 군데씩 상처를 입어 피로 목욕한 것처럼 변해 있었다.

거의 반 시진에 달하는 혈투.

땅이 연신 솟구쳤고, 바람이 접근하지 못한 채 휘돌다 덧없이 스쳐 지나갔다.

누군가가 봤다면 입을 다물지 못할 정도로 두 사람의 싸움은 공전절후 그 자체였다.

언제까지 지속될 것 같던 싸움은 급히 신형을 삼 장이나 뒤로 튕겨낸 엽문에 의해 끝이 났다.

그는 거친 숨을 몰아쉬고 있었는데 얼굴에는 만족스러운 함박웃음을 떠올리고 있었다.

"좋아. 아주 좋구나. 어린놈이 대단하다."

"시간이 없으니 이제 끝을 봐야겠소."

"나도 그럴 생각이다. 너는 여기가 어딘 줄 아느냐?"

"모르오."

"바로 여기가 송추라는 곳이다. 그리고 네가 죽을 곳이기도 하고."

8장

조우, 구룡단

엽문의 손이 올라가자 황룡단이 사방위를 완벽하게 제압한 채 다가왔다.

언제 왔을까?

아마 엽문과의 싸움에 몰입해 있을 때 은밀하게 다가와 포위하고 있던 모양이다.

"끝까지 비겁하구려."

"뭐, 그렇게 됐다. 네가 워낙 강하고 빨라 어쩔 수가 없었다."

"아쉽소."

"뭐가?"

"당신의 삼두홍을 아직 보지 못했는데 이렇게 끝내게 돼서 말이오."

"그것까지 알고 있었느냐?"

운호의 말에 엽문의 얼굴에서 웃음이 슬쩍 지워졌다.

삼두홍이란 벽사검법의 마지막 초식을 일컫는다.

강호에 나와 딱 두 번밖에 쓰지 않은 초식.

마지막으로 쓴 것이 십이 년 전이었으니 아직 새파랗게 젊은 운호가 삼두홍을 알고 있는 것은 의외였다.

하지만 칠절문을 부수고자 하는 점창의 의지는 상상한 것보다 훨씬 치열했다는 걸 그는 몰랐다.

"아쉬워도 참아라. 대신 더 좋은 것을 보여주마."

"그게 뭐요?"

"사문두저진(四門斗底陳)이다."

"저들이 지금 펼치고 있는 걸 말하는 것이오?"

운호가 황룡단원들을 가리키자 엽문이 만족스런 웃음을 지으며 고개를 끄덕였다.

그 후 천천히 석송이 있는 곳까지 물러났다.

"네 무력이 대단하다는 건 인정하지만 황룡단의 사문두저진을 뚫지는 못한다. 내가 끝까지 했으면 좋았을 텐데 나이가 들어서 그런지 팔다리가 잘 돌아가지 않는구나. 더군다나 여기저기 상처를 입어서 쑤시기도 하고. 하여간 오늘 무척이나 즐거웠다. 석송!"

"예, 단주님."

"시작해!"

엽문이 진 밖으로 완전히 물러선 것을 확인한 석송이 풍멸대의 중앙에 자리를 잡으며 소리 질렀다.

"개진!"

사방위를 장악한 황룡단의 자세가 변하며 인의 장막을 형성시켰다.

사문두저진은 대오를 밀집하여 끊어지지 않게 만드는 수진(數陣)으로서, 사문에 병기의 효용을 더해 그 무서움을 몇 배 가중시킨 절진이다.

좌측에 포진한 수룡대의 손에 들린 것은 오문 중에 가장 악독하다는 뇌정추였고, 전면의 독전대는 강철방패와 쇄겸도를 갖췄다.

반면 우측의 풍멸대는 강창으로 무장했고, 후미의 풍마대는 탄궁과 수리도를 지녔다.

근접 공격과 원거리 공격을 모두 가능케 하는 무기들이 골고루 혼재되어 포위된 적을 주살하는 데 최적의 구성을 갖추니, 포위된 자는 끝없이 방어만 하다가 결국은 목숨을 잃는다.

상대하기 힘든 절정고수를 잡기 위해 만들어진 절진.

최악의 상황에 빠졌으나 운호는 조금의 동요도 보이지 않았다.

상처에서 흘러나온 피가 온몸을 척척하게 적셨고, 백여 명의 적으로 둘러싸인 채 철저하게 고립되었으나 무표정한 얼굴로 그저 검을 치켜세울 뿐이다.

하지만 겉으로 나타나지 않은 긴장감은 최고조에 달한 상태였다.

엽문과의 대결에서 팔성의 공력만 꺼냈음에도 대등한 싸움을 할 수 있었다.

더군다나 분광과 회풍은 꺼내지도 않았으니 끝장을 봤다면 충분히 엽문을 잡을 수 있다고 판단했다.

그러나 사문두저진은 그런 자신감을 일거에 날릴 만큼 강력한 압박을 가해오고 있었다.

무엇보다 포위망을 뚫는 것이 중요했다.

운호는 좌측을 향해 뛰어올랐다.

포위망을 뚫고 나가려면 창천 가지고는 안 된다는 판단에 단호히 분광을 꺼내 들었다.

하지만 운호는 검을 마저 뿌리지 못하고 분광에서 비화로 초식을 급변시켜야 했다.

오문 중에 가장 악독하다는 수룡대의 뇌정추가 한꺼번에 허공을 가득 메우며 날아왔기 때문이다.

내력이 깃든 서른 개의 뇌정추는 마치 그물처럼 보이지만 적중되는 순간 몸이 폭파될 만큼 하나하나가 강력한 위력을 지니고 있는 기병이니 정면으로 맞받아치기에는 무리가 따랐다.

검기의 막으로 몸을 보호한 운호가 뇌정추를 튕겨내고 뒤쪽으로 물러서자 이번에는 기다렸다는 듯 풍멸대가 강창을 찔러왔다.

뇌정추를 피하느라 후방에 대한 경계가 느슨해진 사이 펼쳐진 공격이다.

운호의 몸이 팽이처럼 돌며 이 장이나 우측으로 이동했다.

강창의 공격 역시 한 명이 아니라 서른이 하나가 되어 펼친 공격이기에 마주치기에는 부담이 따랐다.

그러나 이번에는 탄궁이 날아왔다.

탄궁은 활이 아니라 강철로 특수 제조된 탄환을 사용했고, 근접 거리에서도 사용이 가능한 치명적인 무기였다.

피잉, 핑!

순식간에 발사된 탄궁의 위력에 귀가 따가울 정도의 섬뜩한 소음이 생겼다.

비화로 온몸을 보호한 운호의 시선이 자연스럽게 뒤쪽으로 돌아갔다.

본능적으로 탄궁에 의해 후방의 방어가 약화되었을 것이라 판단했다. 하지만 독전대는 강철방패로 전면을 보호한 채 운호의 움직임을 주시하다가 즉시 쇄겸도를 내밀며 공격에 대비했다.

사문두저진의 원리는 이토록 오묘했다.

탄궁으로 인한 아군 피해를 막기 위해 강철방패를 반대쪽에 배치했고, 적의 반격까지 감안해 만반의 준비를 해놓았다.

더 괴로운 것은 좌측에서 뇌정추가 또다시 날아왔다는 것이다.

한순간도 마음을 놓을 수 없는 연환 공격에 운호는 끊임없이 움직이며 방어에 치중했다.

사문두저진이 변화를 일으킨 것은, 일각이 지나 진의 규칙적인 움직임을 파악한 운호가 급작스럽게 풍멸대 쪽으로 칠검을 터뜨릴 때였다.

탄궁과 뇌정추가 동시에 운호를 향해 쏘아졌다.

지금까지 돌아가며 공격하던 방식을 변화시켜 두 면이 하나가 되어 압박을 가해왔다.

파박, 파박, 파바박!

반격을 하려던 운호의 신형이 제자리로 돌아오며 정신없이 회전했다.

동시다발적인 공격은 두 배의 내력을 소모하게 만들 만큼 강력해서 신형이 휘청거렸다.

그것으로 그친 것이 아니라 강창과 쇄겸도가 연이어 공격해 왔다.

그야말로 쉴 틈 없는 공격이다.

단 한 번의 반격도 못해보고 일방적인 공격을 반 시진 넘게 당하자 서서히 호흡이 가빠오기 시작했다.

이대로 계속 진에서 벗어나지 못한 채 싸운다면 목숨을 내어쪄야 될지도 몰랐다.

"헉헉!"

무리를 해서라도 일단 진을 깨야 했다.

방어에 치중하며 진의 움직임을 면밀히 관찰했다.

이제 진은 면의 공격에서 선의 공격으로 변해 있었다.

즉, 원거리 공격의 조합에서 장단 거리 조합으로 변했다는 뜻이다.

사문두저진은 운호의 방어와 움직임에 따라 면과 선의 공격을 자유자재로 변화시키고 있었다.

입술을 지그시 깨물며 기회를 노렸다.

탄궁과 뇌정추의 공격이 지나고 쇄겸도와 강창이 공격을 시작하려는 순간, 가빠오는 숨결을 조절한 운호의 입에서 사자후가 터지는 것과 동시에 검기의 분산이 일어났다.

검기는 분산에서 그치지 않고 회전하기 시작했는데, 기다리던 것처럼 빛살같이 빠르게 풍멸대를 향해 폭사되어 나갔다.

콰앙!

그토록 견고했던 강창이 부러지며 중앙 진이 휘청거렸다.

가끔 가다 반격을 해도 끄떡없던 진영이 회풍의 강력함을 견디지 못하고 흔들렸다.

운호의 눈이 번질거렸다.

이 기회를 잡지 못하면 자신은 여기서 목숨을 잃을지도 몰랐다.

그랬기에 전력을 다해 다시 회풍을 펼치며 휘청거리는 풍
멸대를 향해 맹렬히 진격해 나갔다.

콰앙, 쾅!

운호의 몸이 바람처럼 사문두저진을 벗어난 것은 세 번까
지 버티던 풍멸대의 진영이 결국 폭죽이 터지듯 무너져 내렸
을 때다.

진에서 벗어난 운호는 급속 추격해 온 수룡대를 반으로 가
르며 좌측으로 움직였다.

몸 상태로 봤을 땐 일단 벗어날 필요성이 있었으나 그대로
가기엔 당한 것이 너무나 억울했다.

엽문과의 싸움에서 얻은 상처는 피륙이 터진 것에 불과했
으나 사문두저진에 갇히면서 당한 상처는 제법 커서 지금도
피가 새어 나오는 중이다.

운호는 수룡대를 가른 기세 그대로 곧장 독전대의 전방을
쳤다.

검기의 물결이 사방으로 날아가 강철방패를 조각냈고, 뒤
이어 그 주인의 몸까지 쓸어버렸다.

수룡대와 독전대를 치고 나자 어느새 진형을 갖춘 풍마대
가 탄궁을 겨냥하고 있는 것이 보였다.

하지만 운호는 그들을 무시하고 우측에서 돌아 나오는 풍
멸대를 향해 십이검을 터뜨렸다.

어차피 이런 난전에서는 탄궁을 쓰지 못한다는 걸 너무나 잘 알고 있었다.

허공을 가득 메운 분산된 검기의 물결이 강창을 부수며 진격해 나갔다.

피가 튀었다.

적에게서 나온 피가 검에 묻어 방울방울 떨어졌고, 자신에게서 흐른 피는 땅을 적시고 있었다.

엽문은 즐거운 마음으로 사문두저진에 갇힌 운호의 움직임을 지켜보고 있었다.

확실히 대단한 놈이라는 걸 새삼 절감했다.

놈과의 대결은 유흥으로 시작했다가 목숨의 위협을 느끼는 지경까지 갔다.

처음에는 밀리던 놈의 검이 시간이 갈수록 강해져, 결국 벽사검법의 후반 육식까지 꺼내 들어야 했다.

문제는 그것으로도 우위를 점하지 못했다는 데 있었다.

놈의 검은 점차 벽력으로 변해 자신을 짓눌러 왔다.

삼두홍을 펼치고 싶다는 욕망을 간신히 참고 뒤로 물러난 것은 놈의 눈을 확인하고 난 후였다.

깊게 가라앉은 눈.

일각이 달랐고, 삼각이 지나자 변했으며, 반 시진이 지나자 달관한 자의 눈으로 가라앉았다.

그런 눈의 원천은 자신감이란 걸 너무나 잘 알고 있다.

자신이 마지막 초식을 숨기고 있던 것처럼 놈에게도 비장의 절초가 있지 않다면 저런 눈을 하지 못한다.

더군다나 점창에 밀검이 있다는 소리를 들었다. 무정현에 파견 나가 있던 도절 상후가 청무자에게 당한 것이 그 밀검이라고 알려져 있었기에 미련 없이 물러났다.

어차피 사문두저진에 갇힌 이상 놈은 죽게 되어 있으니 굳이 모험을 할 필요가 없었다.

사문두저진은 이백 년 전 진법의 대가로 알려진 천기자가 남긴 것이었다.

말년에 진법을 완성한 천기자는 죽으면서 유서에 이렇게 썼다고 전해진다.

완벽하게 펼쳐진 사문두저진은 무적이다. 아무리 강한 무인이라 해도 다수의 힘은 이기지 못하는 법. 더군다나 수진에 병진을 합쳤으니 혼자의 힘으로 사문두저진을 무너뜨린다는 것은 불가능에 가깝다.

염문은 천기자의 유서 내용을 전해 듣고 서슴없이 고개를 끄덕였다.

황룡단이 진법을 익히며 스스로 사문두저진에 갇혀본 결과, 천기자의 말이 거짓이 아님을 온몸으로 느낄 수 있었다.

진법의 위력은 진정 대단해서 암담함마저 느끼게 만들었다.

물론 황룡단의 수장인 자신은 그 파훼법을 잘 알고 있었다.

아주 단순하면서 간단한 방법.

바로 한 면을 구성하고 있는 전력을 꺾는 것이다.

하지만 그것이 어찌 쉬울 수 있단 말인가.

한 면의 전력을 극복한다는 것은 서른 명의 내력을 극복한다는 뜻이다.

더군다나 그런 무력이 있다 해도 나머지 병력이 방해하지 못하도록 단숨에 격파해야 사문두저진에서 벗어날 수 있으니 공허한 이야기나 다름없다.

당연히 자신의 무력으로는 불가능한 이야기였고, 자신을 감복시킨 전왕이라 해도 어려울 것이라 판단했다.

그러나 그 불가능은 거짓말처럼 눈앞에 현실로 나타났다.

보고도 믿지 못할 사실.

괴력이라고밖에 표현할 수 없을 만큼 사문두저진을 깨버린 운호의 검은 막강 그 자체였다.

검기의 회오리라니.

정말 기가 막혀 말이 나오지 않았다.

점창에 밀검이 있다는 말은 들었지만 저런 위력을 가졌다고 누가 상상이나 했겠는가.

무려 사십여 명의 사상자를 만들어놓고 유유히 사라져 가는 운호를 보며 엽문은 한동안 움직이지 못했다.

믿지 못할 무력에 대한 충격.

그 충격이 전신을 관통해서 엽문을 꼼짝 못하게 만들었다.

아무것도 없던 땅에서 뭔가 슬금슬금 움직이더니 사람들이 일어났다.

그들은 의빈의 개방분타주 황만과 왕일이었는데, 손에는 황색의 천이 들려 있었다.

황포은막(黃布銀幕).

정보를 생명처럼 다루는 개방에서 분타주 이상에게만 나누어준 지급품으로, 잠입과 비상시 은닉에 탁월한 효능을 발휘하는 물건이다.

"보고해야겠죠?"

"당연히."

"점창에 검귀가 나타났다고 하면 믿을까요?"

왕일이 빤히 바라보며 묻자 황만의 얼굴이 일그러졌다.

이런 결과가 나타날 거란 건 꿈에도 생각지 않았다.

의빈 전투에서 포위망을 뚫고 도주할 때 보여준 운호의 무력은 놀라운 것이었으나 황룡단을 따라 뒤늦게 도착한 송추의 상황은 입을 다물지 못하게 만들었다.

빠르게 지형을 이용해서 땅을 파고 황포은막을 덮은 후에야 운호와 엽문의 대결을 구경할 수 있었다.

그야말로 절정에 달한 고수들의 싸움.

사천을 들었다 놨다 할 정도의 고수로 알려진 엽문의 검이 운호의 검을 꺾지 못한 채 물러서는 걸 확인한 순간, 황만은 온몸이 부르르 떨리는 흥분을 느꼈다.

하지만 진짜 충격은 그다음이었다.

들은 것보다 훨씬 대단했던 사문두저진의 압박과 위력도 결국 운호를 어쩌지 못한 채 무수한 사상자가 생겼다. 그는 자신도 모르게 차오르는 전율로 인해 온몸을 부들부들 떨 수밖에 없었다.

수십 년 동안 개방의 정보 담당자로 살아오면서 수많은 대소 전투를 눈으로 봐왔지만 이런 전투는 그의 삶에서 단연코 처음이었다.

절정을 뛰어넘는 무력을 가진 검객의 출현.

운호의 무력은 자신의 상상을 초월할 정도로 강해서 앞으로의 일을 예측하기 어렵게 만들고 있었다.

"일단 있는 사실 그대로 보고하자."

"신통께서 길길이 뛰시며 우릴 죽이려고 할 텐데요."

"정 궁금하면 직접 보러 오시겠지."

"정말로 보냅니까?"

"그래."

"알겠습니다."

"사천 전투가 점점 재밌어진다. 점창이 우리 대신 칠절문을 잡아줄 수도 있겠다."

"그럴 리가 있겠습니까. 당문까지 끼어들었으니 쉽지 않을 겁니다."

"안 되면 그렇게 되도록 만들어야지. 그자를 잘만 이용하면 손 안 대고 코를 풀 수도 있을 것 같아. 칠절문의 최대 약점은 후방이지. 후방이 괴로워지고 점창이 당문만 해결한다면 칠절문은 반드시 고꾸라진다. 그리 되면 사천과 운남은 저절로 우리 수중에 떨어질 수 있어."

말을 하는 와중에 황만의 눈빛이 번쩍번쩍 빛났다.

도대체 무슨 생각을 하는 걸까.

그의 입에서 흘러나온 이야기를 왕일은 이미 알고 있는 내용인지 가볍게 고개를 끄덕였다.

왕일의 입이 열린 것은 황룡단이 사상자를 수습하고 다시 대오를 정돈할 때였다.

"황룡단의 추격대가 움직이기 시작합니다."

"비각은?"

"걔들은 아까 출발했습니다."

"아마 보고가 올라가면 본단이 발칵 뒤집힐 거야. 만약 내 생각대로 진행된다면 우리의 과업을 최소 삼 년은 당길 수 있다."

"생각지도 않게 큰일이 되어버렸습니다."

"세상 사는 게 원래 그래. 재미로 시작해 목숨까지 거는 일이 뭐 한두 개겠어? 특히 이번 일은 값어치가 충분하고도 남아."

"하지만 아무리 강해도 저렇게 혼자 다니면 저놈은 곧 죽게 될 겁니다."

"우리가 도와주면 꽤 버틸 거다."

비각삼대주 정풍은 운호를 따르며 혀로 입술을 열심히 축였다.

마음 같아서는 물이라도 마음껏 마시고 싶었으나 운호가 지속적으로 움직이기 때문에 그럴 여유를 만들지 못했다.

사람이란 환경에 적응하면서 살도록 만들어진 존재가 확실했다.

처음에는 두려움으로 발길이 떨어지지 않았지만 점차 시간이 지나자 두려움 대신 의문이 생기기 시작했다.

정풍은 싸움이 시작될 때부터 지금까지 계속해서 운호를 미행해 왔다.

은밀하게 행동하는 운호를 보고 요인 암살을 위해 들어온 자라고 확신했다.

그랬기에 문의 수뇌부에 지급으로 전서를 띄웠으나 놈은 그런 자신의 판단을 비웃기라도 하듯 정면 대결을 펼치며 의빈을 발칵 뒤집어놓았다.

문의 문책보다 더 괴로운 건 자신의 판단이 틀렸다는 점이었다.

도대체 이유를 알 수 없었다.

황룡단주 엽문과 맞상대할 만큼 무력이 뛰어나다는 건 인정하겠으나 그렇다고 혼자서 칠절문을 전부 상대한다는 건 말도 안 되는 일이었다.

그럼에도 놈은 당당하게 싸우겠다고 했으며, 스스로 그 말을 지켰다.

더욱 미치고 펄쩍 뛰는 건 그가 또다시 의빈으로 돌아가고 있다는 것이다.

도대체 왜, 뭐가 있기에 의빈을 떠나지 못하는 걸까?

아무리 생각해 봐도 이해가 되지 않았다.

비록 황룡단이 당했다고는 하나 전멸한 것은 아니었고, 더군다나 엽문과 수뇌부가 생생하게 살아 있다.

송추 전투에 대해 전서가 날았으니 곧이어 본단에서 새로운 조치도 내려올 터였다.

의빈으로 돌아간다는 것은 죽음 속으로 스스로 걸어들어가는 것과 똑같은 행동이었다.

운호는 멀리 있는 의빈을 바라보며 낮은 한숨을 내쉬었다.

어느새 어둠이 지며 도시는 불빛으로 물들고 있었다.

온몸은 피로 물들었고, 옷은 넝마처럼 찢겨져 기능을 상실한 지 오래이다.

등짐을 풀고 당운영이 준 활인고를 꺼냈다.

그녀는 운호가 길을 떠난다고 하자 비상으로 가지고 있던 활인고를 아낌없이 주었다.

대부분의 상처는 그리 크지 않아 이미 피가 멎어 있었지만 우측 어깨와 허벅지에 난 상처는 제법 컸다. 살이 벌어진 채 움직일 때마다 피가 찔끔거리며 새어 나오는 중이었다.

옷을 모두 벗고 상처마다 꼼꼼하게 활인고를 발랐다.

싸움이 끝난 게 아니란 걸 너무나 잘 알기에 몸을 최상의 상태로 만드는 것이 무엇보다 급했다.

등짐에서 옷을 꺼내 갈아입은 운호는 즉시 가부좌를 틀고 천룡무상심법을 운용했다.

천룡무상심법의 뛰어난 효능 중의 하나는 다른 심법들과 다르게 언제든지 심법 운용을 멈출 수 있다는 것이다.

언제 어느 때고 위험이 감지되면 즉시 기운을 회수하고 대처가 가능했다.

그랬기에 운호는 적이 추격하는 상황에서도 천룡무상심법을 운용하기 시작했다.

얼마의 시간이 지났을까.

천천히 발현되기 시작한 황금빛 안개가 운호의 온몸을 은은하게 감싸며 피어났다가 사라지기를 반복했다. 그러다 어느 순간 갑자기 밝아지더니 거짓말처럼 사라져 버렸다.

운호가 눈을 뜬 것은 황금빛 안개가 사라지고 채 다섯 호흡이 지나지 않았을 때.

운호는 짐을 정리하고 지체 없이 의빈을 향해 유운신법을 발휘하다 급작스럽게 방향을 틀었다.

의빈이 칠절문의 영향권 아래에 있는 도시라 해도 불과 두 시진 만에 찾아내서 포위한다는 것은 있을 수 없는 일이다.

행적이 고스란히 노출되어 있다는 건데, 그것은 곧 누군가가 자신을 감시하고 있다는 걸 의미했다.

심법을 운용하면서 사방으로 기를 퍼뜨리자 미세한 호흡이 느껴졌다.

숫자는 넷.

둘은 좌측 십 장 거리에 있고, 나머지 둘은 우측 십 장 거리에 은닉해 있다.

도대체 지금까지 미행을 알아차리지 못한 이유가 뭘까?

분명 유령이대가 미행했을 때는 오감이 경고음을 울렸는데 이자들은 그렇지 않았다.

시간으로 따져 봐도 꽤 오래 자신을 미행한 것 같은데 이제야 눈치를 채다니 새삼 얼굴이 붉어졌다.

경험 부족이다.

유령이대는 자신을 얕보고 기세를 숨기지 않은 채 따랐기 때문에 금방 알 수 있었지만 지금 따르고 있는 자들은 그렇지 않았다.

철저한 훈련을 받은 자들임이 분명했다.

우측으로 방향을 튼 운호는 달리면서 흑룡검을 꺼내 들었다.

단 일격에 해치우고 나머지를 잡아야 일이 쉬워진다.

어둠이 찾아온 지 꽤 되었으나 사물을 알아보지 못할 정도
는 아니다.

어느새 뜬 만월이 세상을 내려다보고 있었기 때문에 운호
는 검은 야행복을 입은 채 정신없이 신형을 날리는 비객들을
어렵지 않게 찾아 낼 수 있었다.

자신이 급작스럽게 움직이자 서두르는 기색이 역력했다.

우측으로 반원을 그리며 돌았기 때문에 비객들을 만난 것
은 그들의 측면이었다.

정체를 몰랐으면 모를까, 안 이상 비객들은 상대가 될 수
없었다.

유운신법으로 비객들 사이를 스쳐 지난 운호의 검이 그들
의 심장을 갈랐다.

워낙 빠른 기습이라 공격해 오는 것조차 알지 못했으니 고
통은 느끼지 못했을 것이다.

비각삼대주 정풍은 운호가 급작스럽게 움직이자 은신처에
서 일어나 신형을 날렸다.

비각대원들이 익힌 천조련은 은밀함으로 둘째가라면 서러
울 정도로 뛰어난 추적 신법이었다. 전력으로 달렸어도 아무
런 흔적조차 남지 않았다.

좌측을 맡은 조원은 자신보다 이 장 앞쪽에서 달리는 중이다.

이백여 장을 전진하던 정풍이 신형을 정지시킨 채 몸을 땅

속으로 묻은 것은 운호가 보이지 않았기 때문이다.

지금까지 워낙 뛰어난 신법 때문에 운호를 놓친 적은 있었으나 이렇게 오랫동안 시야에서 벗어난 적은 없었다.

조원은 자신이 멈춘 것도 모르고 여전히 달리는 중이다.

정풍은 숨마저 멈춘 채 천천히 주변을 살펴 나갔다.

슬금슬금 시작된 불안감이 점차 커지더니 전신을 집어삼켜 움직임을 제어했다.

다른 자들보다 먼저 대주의 자리에 오른 것은 실력도 실력이지만 남들보다 뛰어난 머리와 직관력 때문이다.

위험에 대한 타고난 본능은 정보 업무를 담당하는 그의 목숨을 여러 차례 구해주었고, 그것은 곧 탁월한 업무 수행 능력으로 직결되었다.

그리고 지금 그 본능이 그를 움직이지 못하게 맹렬한 경고를 하고 있었다.

'아!'

천천히 주변을 살피던 그의 손이 자신도 모르게 입을 막았다.

보였다. 우측에서 한 마리 독수리처럼 날아오는 어두운 신형이.

확인할 수는 없었지만 형체만으로 사문두저진을 파괴한 자라는 걸 금방 알 수 있었다.

앞서 달리던 조원은 그가 접근하고 있다는 것을 알지 못한 채 오직 앞만 보고 움직이고 있었다.

단 일 검에 조원이 쓰러지는 것이 보였다.

마치 사물이 느리게 움직이는 것처럼 조원은 한참을 서 있다가 천천히 허물어지듯 쓰러졌다.

정풍은 조원이 쓰러지는 것과 동시에 눈을 감고 여간해서는 쓰지 않는 귀식대법을 펼쳤다.

귀식대법은 쓰게 되면 깨어난 후 거의 열흘 동안 앓아누워야 될 정도로 기력 손상이 상당했다. 웬만한 위기가 아니라면 쓰지 않지만 정풍은 조금의 망설임도 없이 땅 속으로 파고들었다.

기력이 상하는 것보다 목숨을 구하는 것이 훨씬 중요했다.

천수는 방 안을 가득 메운 난초를 정성스럽게 닦다가 급히 들어오는 비각주를 향해 가볍게 혀를 찼다.

조용한 저녁.

웬만해서는 찾아오지 않을 시간에 비각주가 나타났다는 것은 꽤나 큰일이 터졌다는 걸 의미했다. 하지만 천수는 그걸 알면서도 타박부터 했다.

"쯧쯧. 어찌 그리 급한 겐가, 조심하지 않고?"

"총사, 지금 그런 걸 따질 때가 아닙니다."

"천하의 비각주를 이리 허둥거리게 만들다니 뭔지 궁금해지는군. 그래도 일단 앉아."

천수가 먼저 자리를 잡자 비각주는 반대쪽에 급히 앉으며 입부터 열었다.

"당문 쪽 일이 이상하게 돌아가고 있습니다."

"청문자가 용화에 갔다면서?"

"간 것은 맞는데 충돌이 일어나지 않았습니다. 더 이상한 것은 청문자가 당추와 함께 간양(簡陽)으로 이동하고 있다는 것입니다."

"혼자 말이냐?"

"그렇습니다."

"나머지는?"

"용화에 남아 있습니다."

"음……."

비각주의 대답을 들은 천수의 양손이 깍지를 만들었다. 그런 후 엄지손가락을 가볍게 부딪치며 한동안 입을 닫아버렸다.

천고의 기재 천수가 생각에 잠길 때 늘 하는 버릇이다.

미추에서 용화를 잇는 길을 따라 풍운대는 수많은 당문 무인을 베었다.

처음에는 비각을 동원해 일부러 소문을 내었으나 시간이 지날수록 소문은 사실이 되었고, 점점 걷잡을 수 없이 커지는 중이다.

명예를 흠집 내는 작전은 거의 완벽하게 들어맞아 당문과 점창은 이제 돌아오지 못할 강을 건넌 상태였다.

청문자의 용화 진출은 이 작전의 백미였다.

수많은 고민 끝에 만들어진 작전은 시간과 장소, 여건이 모두 완벽하게 맞아들어 청문자를 용화로 이동하도록 만들었다.

청문자가 용화로 진출한 이상 두 문파의 싸움은 점입가경으로 치닫게 될 터였다.

그런데 간양으로 가다니…….

간양은 당문의 본가가 있는 곳이다.

청문자의 간양행은 당문주인 당청을 만나기 위함이 틀림없었다.

당추가 함께 이동한다는 것은 그 역시 청문자의 당문 방문을 인정했다는 걸 알려준다.

그렇다면 과연 그 이유가 뭘까?

당문은 용화 싸움만 놓고 봤을 때 거의 일방적으로 점창에 얻어터진 상태이다.

죽은 자만 해도 서른에 육박했고 다친 자는 그보다 훨씬 많았다.

물론 그중 반은 자신의 지시를 받은 구룡단이 한 일이지만 세상에는 점창이 한 것으로 되어 있었다. 당문에서는 어떠한 타협이나 양보도 받아들일 수 없는 입장이다.

그럼에도 불구하고 청문자가 간양으로 갔다는 건 예상하지 못한 변수가 생겼다는 걸 의미했다.

"비각주, 애들은 붙였나?"

"그렇습니다. 하지만 근접하지는 못합니다. 그저 따라만

갈 뿐이지요."

"그렇겠지. 그 정도만 해도 돼. 소요 기간은?"

"아마 내일 정도면 간양에 도착할 겁니다. 당문주를 만나는 걸 감안하면 빨라도 삼 일 후에야 청문자는 용화로 돌아올 수 있습니다."

"청명자와 청무자는?"

"그자들은 움직이지 않고 있습니다."

"좋아, 그렇다면 우리는 내일 그자들을 친다."

"내일 말입니까?"

"당문을 끌어들이는 작전은 아무래도 실패인 것 같다. 그렇다면 청문자가 없을 때 놈들을 잡는 게 맞지 않겠어?"

"당연한 말씀입니다."

"지금 내가 문주님을 만나서 승낙을 받겠다. 전투부대의 수장들에게 미리 전서를 띄워놓도록. 작전은 실패했을지 모르나 기회를 만들었다. 이 기회에 각개격파로 놈들을 잡는다."

"그리하겠습니다."

"좋아, 나가봐."

천수가 손짓을 보내며 자신 역시 겉옷을 걸쳤다.

매우 서두르는 행동이었기에 비각주는 주춤거리다가 이윽고 결심한 듯 입을 열었다.

"그런데 총사님, 드릴 말씀이 하나 더 있습니다."

"또 있어?"

"어제 의빈에서 황룡단이 당했습니다."

"당해? 누구한테?"

"점창의 운호라는 자에게 반수 가까이 피해를 입었답니다."

"그게 무슨 소리야? 한 놈한테 그 많은 숫자가 당했다고? 그게 말이 돼? 엽문은 뭐하고!"

"엽문은 놈을 추적 중이랍니다."

"기습이었나?"

"아닙니다. 오히려 포위 공격을 하다가……."

"어허, 말이 되는 소리를 해야지. 그걸 나보고 믿으라는 건가!"

간신히 침착함을 되찾았던 천수가 탁자를 두들기며 소리를 높였다.

너무 황당한 이야기에 감정이 복받쳐 오른 모양이다.

황룡단은 선룡단과 함께 청무자를 압박할 주공이었다.

물론 본단 소속 고수들이 지원을 나가겠지만 주공은 황룡단과 선룡단이 맡아야 했다.

그런데 그 두 축 중에 하나가 박살 났다는 보고를 받자 화를 참지 못했다.

"각주, 운호가 누군가?"

"풍현에서 북상해 온 잡니다. 삼대주의 보고에 따르면 전투부대 수뇌부의 암살을 목적으로 침투했답니다. 하지만 제 생각에는 아무래도 삼대주의 판단이 잘못된 듯합니다."

"그 얘기 말고, 그자의 정체가 뭐냔 말이야. 점창에 그런 놈이 있다는 말은 처음 듣는다."

"저희 정보에도 없는 자입니다. 점창에서 비밀리에 키운 것으로 유추됩니다."

"조현에 왔던 놈들처럼?"

"그렇습니다. 그런데 그자들보다 훨씬 강합니다."

"미치겠군. 혼자 힘으로 황룡단을 상대할 정도라면 도대체 얼마나 강하다는 거야? 각주, 지금 그자는 어디에 있나?"

"의빈 쪽으로 간 것까지 확인했습니다. 그 이후는 연락이 끊겨 어디 있는지 확인할 수 없습니다."

"구룡단은?"

"망산에서 철수해서 현재 자공(自貢)에 있습니다. 의빈까지는 한 시진이면 도착이 가능합니다."

"전면전에서 당했다면 엽문 혼자서는 어렵다. 구룡단을 투입하도록. 그리고 선룡단도 의빈으로 오라고 해. 공격을 시작하기 전에 놈부터 잡는다."

운호는 비객들을 처리하고도 발길을 돌리지 못했다.

분명 감지한 기운은 넷이었는데 처리한 것은 셋이 전부다.

하나가 빈다.

눈을 감고 기운을 감지해 나갔으나 나머지 하나는 어디에서도 찾아낼 수 없었다.

기세를 감지하지 못한 상태에서 적을 찾는다는 건 모래밭에서 바늘을 찾는 것과 다름없는 일.

더군다나 황룡단의 추격 병력이 여기 이 들판 쪽으로 달려오고 있어 언제까지 놈만 찾고 있을 수는 없었다.

깔끔하게 처리하지 못한 게 이내 찜찜했으나 운호는 마지막으로 들판을 휘둘러보고는 지체 없이 몸을 날렸다.

다시 의빈으로 간다.

사형들의 마지막 행선지가 의빈이었으니 풍운대를 찾을 때까지 의빈에서 버틸 생각이다.

비록 칠절문의 추격이 껄끄러웠으나 막으며 버티면 결국 풍운대를 만날 수 있을 것이란 판단을 내렸다.

무식하면서도 가장 효율적이 방법이다.

비객들을 처리했으니 이전과 다르게 충분히 시간을 벌 수 있을 것이다. 운호는 도시를 향해 날아갔다.

먼저 객잔에 들러 몸을 씻고 배도 채워야 한다.

저녁 시간이니 잘하면 풍운대의 소식을 들을 수 있을지도 몰랐다.

적들의 추격은 두렵지 않았다.

어차피 이곳 의빈에 있는 칠절문의 병력은 황룡단이 전부였으니 다시 포위된다 해도 충분히 벗어날 자신이 있었다.

신법을 멈추고 속보로 도심지로 들어간 운호는 중심가에 있는 객잔으로 들어갔다.

객잔은 빈자리를 찾기 어려울 정도로 사람이 많았다.

저녁때가 되면 객잔은 이렇듯 사람들로 넘쳐난다.

운호는 중심에 서서 자리가 나기를 기다리며 천천히 둘러보았다.

어차피 기다려야 한다면 사람 구경을 하며 시간을 보내는 것이 효율적이었다.

객잔을 둘러보던 운호가 눈을 부릅뜬 것은 구석에 앉아 머리를 박은 채 소면을 먹고 있는 사람을 확인하고 난 후였다.

너무나 반가운 얼굴, 운상이 거기에 있었다.

꼬박 하루를 건너 간양에 도착한 청문자는 자신을 안내하는 당추를 따라 당문의 정문으로 들어섰다.

웅장한 전각들의 행진.

마치 용맹한 병사들이 줄지어 늘어선 것처럼 당문의 거대한 전각들은 위풍당당하게 서 있었다.

무려 백여 채가 넘는 전각을 통과하고 난 후에야 당추는 걸음을 멈췄다.

"잠시 기다리시죠. 미리 기별은 되어 있으나 제가 들어가 도착했음을 알리겠습니다."

"그러시게."

당추의 언사는 용화에서와는 다르게 무척 공손해져 있었다.

그렇다 해서 비굴하거나 비겁한 것은 아니었다.

당당함 속에 나타난 공경. 무인으로서의 존경이 자신도 모르게 우러나왔을 뿐이다.

당추가 안으로 들어간 사이 청문자는 뒤로 돌아 걸어온 전각들을 바라봤다.

그 전각들에는 명문으로 지내온 당가의 유구한 전통과 역사가 담겨 있었다.

건물들은 화려하지 않았으나 정갈했고, 매끈함과 유려함 대신 고고한 모습을 지녔다.

마치 당가의 기풍처럼.

청문자는 전각들을 보다가 천천히 눈을 감았다.

산에 세워진 점창의 도관들이 하나씩 선명하게 나타나 그에게 안부를 물어왔다.

잘 있느냐며. 나는 잘 있다고.

눈을 감고 대답했다. 나도 잘 있다고. 일이 끝나는 대로 돌아갈 테니 염려하지 말라며 환한 웃음으로 답했다.

조용했지만 수많은 말이 그와 점창의 전각과 하늘, 그리고 나무와 바위를 통해 수없이 오고 갔다.

보고 싶은 점창.

어머니의 품과 같은 산으로 돌아가고 싶다는 마음이 점점 강해지자 그는 즉시 눈을 떴다. 그리고 안채 쪽으로 시선을 주어 상념에서 벗어났다.

당추가 나타난 것은 그로부터 일 다경이 더 지난 후였다.

"들어가시지요. 가형께서 기다리고 계십니다."

상서원(尙瑞院)이라 쓰인 전각은 다른 건물보다 크지는 않았다. 그러나 어딘지 모르게 위엄이 서려 있고 건물 전체에서 은은한 기세가 배어나오고 있었다.

눈에 보이지 않는 자들이 숨어 있다. 그것도 대단한 무력을 지닌 자들이.

청문자는 오감을 자극하는 기세를 느끼면서 모른 체 당추를 따라 문으로 들어섰다.

당문의 가주가 기거하는 상서원에, 첨예하게 대립각을 세우고 있는 점창의 장로가 들어서고 있으니 경계가 강화된 것은 어찌 보면 당연한 일이다.

문으로 들어서자 밖에서 본 것보다 훨씬 아름다운 정경이 나타났다.

마당은 흑오석으로 길을 내었고, 우측에는 자그마한 연못이 자리 잡고 있다.

처마 밑에는 홍등이 총총히 매달려 하늘하늘 나부꼈다. 안채와 사랑채를 나누는 수화문을 통해 안으로 들어서자 커다란 나무가 양쪽에 서서 손님을 맞아들였다.

당문주 당청은 청문자가 들어서자 자리에서 일어났다.

"오랜만이오."

"강녕하셨는지요. 참으로 오랜만에 뵙는구려."

당청의 인사에 청문자가 정중히 허리를 숙여 마주 인사한 후 안내를 받아 자리에 앉았다.

당추는 청문자를 안내만 하고 자리를 떴기에 집무실에는 두 사람만 남았다.

손님이 왔으니 예를 보이긴 했으나 당청의 안색은 그리 밝지 않았다.

"그런데 이 먼 길을 무슨 일로 오셨소?"

몰라서 묻는 말이 아니다.

당추를 통해 미리 저간의 사정을 모두 들었음에도 이리 말을 꺼낸 것은 협상에서 우위를 점하기 위함이다.

하지만 상대는 청문자.

강호의 녹을 먹은 것으로 따진다면 그 역시 뒤지지 않는다.

"들어오면서 보니 당가타가 예전에 비해 훨씬 커졌더이다. 당문의 번영을 보니 참으로 부러운 마음이 드오."

"별말씀을."

"내가 여기에 온 이유는 당문과 점창이 수렁에서 함께 빠져나왔으면 하는 바람 때문이오."

"일방적으로 당한 것은 당문인데 어찌 점창이 수렁에 빠졌다 하시오?"

"우리는 칠절문이 목표요. 그런데 당문과 싸움이 벌어졌으니 수렁에 빠져도 단단히 빠진 것 아니겠소."

"지금 점창은 아무런 잘못이 없다는 말을 하시는 게요?"

"결과보다 더 중요한 것이 과정이오. 검을 든 자에게 검을 겨누었으니 어찌 사단이 나지 않겠소."

"변명을 하는구려."

"점창의 잘못이 아니라는 건 아마 문주께서도 잘 알고 계실 것이오. 하나 부득이한 상황으로 사상자가 생긴 것 또한 사실이니 그에 대한 책임은 지겠소."

"어떻게 말이오?"

"점창은 가진 게 별로 없는 문파요. 하지만 칠절문 정도는 충분히 감당할 능력이 있소. 외원당주에게도 말했지만 싸움이 끝나면 우리는 아무런 조건 없이 운남으로 돌아가겠소. 그것이 우리가 당문에게 해줄 수 있는 전부요."

"아무런 조건 없이?"

"그렇소."

"이해가 되지 않는군. 그렇다면 왜 나온 거요?"

"그들이 우릴 건드렸기 때문이오."

"정말 다른 이유는 전혀 없단 말이오?"

"점창은 건드리지 않으면 먼저 시비를 걸지는 않소. 하나, 어떤 자들이건 점창의 명예를 훼손시키는 순간 끝장을 보오."

청문자는 깊은 눈을 하고 끊어지듯 대답했다.

그런 청문자를 당청은 지그시 쳐다봤다.

동생인 외원당주 당추로부터 청문자가 펼쳤다는 신검합일에 대해 보고받은 것이 어젯밤이다.

믿겨지지 않은 사실이나 당추가 거짓을 보고할 리 없으니 믿지 않을 수도 없는 일이다.

밤새도록 점창과의 일을 고민하느라 제대로 잠을 이루지 못했다.

점창에 신검합일이 나타났다면 이번 싸움은 세가의 전력을 기울여야 균형을 맞출 수 있다는 뜻이 된다.

선뜻 결정하기 힘든 일.

아무리 명분과 명예를 중시한다 하더라도 세가의 앞마당에 피를 뿌릴지도 모르는 모험을 한다는 것은 가주의 입장에서 무조건 피해야 할 일이다.

그럼에도 분하고 억울했다.

수십 년 동안 패면 패는 대로 똥개처럼 꼬리를 말고 도망가거나 아예 산에 처박혀 움직이지 못하던 점창에게 당문이 당했다고 생각하니 피가 거꾸로 흐를 지경이다.

분명 점창의 제안은 파격적이다. 그러나 이대로 넘길 수는 없다.

"그러면 땅에 떨어진 당문의 명예는?"

"뭘 원하시오?"

"당문은 제대로 싸워보지도 못하고 풍운대에게 기습을 당했소. 정당한 싸움이 아니었단 말이오. 점창에 풍운대가 있다면 당문에는 칠비가 있소."

"용화에 있던 복면인들을 말하는 모양이오."

"그 아이들이 당문의 암천이오. 나는 당문주로서 사천을 넘겨주겠다는 점창의 제의를 받아들이겠소. 하나 명예를 떨어뜨린 채 이대로 끝낼 수는 없는 일. 칠절문과의 싸움이 끝나는 대로 풍운대와 칠비가 자웅을 겨루어 진정한 승부를 봤으면 하오."

『풍운사일』 3권에 계속…

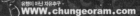

FANATICISM HUNTER

광신사냥꾼

류승현 판타지 장편 소설

FANTASY FRONTIER SPIRIT

「블레이드 마스터」의 류승현 작가가 펼쳐내는
판타지의 새로운 신화!

마도대전을 승리로 이끈 유리언 대륙의 영웅,
최강의 아크 메이지 제온!

그러나 '세상의 섭리'에 아내와 아이를 빼앗기는데…….

『광신사냥꾼』

만약 그것이 정말로 세상의 섭리라면,
그마저도 무너뜨리고 말리라!

복수를 위한 제온의 위대한 여정이 시작된다!

Book Publishing CHUNGEORAM

유행이 아닌 자유추구 -
WWW.chungeoram.com